愛的可頌麵包

鄭華娟 著

c o n t e n t s

自序

愛的另一種詮釋

如果你是我的舊讀者，也就是已看過我之前作品的人，我猜你大約很快就能銜接上書中的人事物，並且立即開始與每個故事一同遊樂。

如果你是我的新讀者，也就是根本尚未讀過我任何書的人，甚至連書中相關人物都感到陌生的這些人，以下的好笑人物介紹，就是特別爲你而寫的：

本書中的主述者，就是華娟，我。

她有一個老公，她叫這個人：老德先生。這個生活紀律非常嚴謹的老德先生的思考方式，與自己的太太是完全不能相融，且時常南轅北轍的徹底不同。

所以，這兩個思維如此不相同的人一起生活的時候，就會有很多衝突發生。於是，我就用文字把這些衝突記錄下來，變成了在這本書之前的那些書裡的生活故事（皆由圓神出版）。或許你會有興趣去讀那些故事；當然也很歡迎你就從這本書開始加入我的分享生活故事的行列。

除了老德先生，從上本書開始，一隻酷愛撿大樹枝的小狗加入了我們的生活。這可爲我們本來就很容易產生文化衝突的生活帶來了更精采的內容！因爲這隻狗除了有德式的嚴謹性格，還外加少見的固執的牛脾氣；這隻叫作氣質卡（Ziska）的拉布拉多犬，連照顧自己的玩具和生活作息都比我有秩序！也因著氣質卡，我不得不用異鄉初學者的眼睛，再把德國的生活重新審視一番……

這本書，開始於老德先生、氣質卡和我，一起去法國度假。一路上，在風雨交加的法國南部小鎮，對該到哪裡用早餐的事，我們激烈的各執己見。不過，爭執的再厲害也於事無補，因爲鄉下的田野小鎮中，根本找不到早餐店。

終於，一個法國農村小徑上的傳統手工麵包房，童話般的軟化了我們的爭論；一爐熱烘烘的可頌牛角麵包，讓我們看到了愛的另一種詮釋。

就在我們步出小麵包房時，大雨過後的陽光給了我的心靈一個很溫暖的擁抱，在這可愛的心境中，我無厘頭的對著清新的原野大喊：「愛，就是一個牛角可頌麵包！」

然而，在這間樸素的小手工麵包房中到底發生了什麼事，會讓我們那麼感動？這種深情場景，眞是可遇不可求！

喔，對了，這本書中，還講到了我的虛榮心。而幫我上了一次「虛榮心教訓課」的老師竟是愛撿大樹枝的氣質卡，眞不可思議！氣質卡愛樹枝的心，或許更悄悄的感染著世界吧？就在氣質卡拜訪過巴黎鐵塔後，據說巴黎鐵塔會在不久的將來變成一棵世界上最高的樹！（塔上將種植六十萬棵樹，爲巴黎市區製造更多新鮮空氣。）想著綠色的艾菲爾鐵塔，我猜愛大樹枝的氣質卡會高興的飛起來啦！

這本書還要告訴你德國童話中的紅色小蕈菇的故事。這種紅色傘狀有著白點點的蕈菇是幸運的象徵。而幸運菇卻不能吃，這又是怎麼回事呢？好了，我還是別說太多。我要邀請所有不論是舊讀者或新讀者的你，再次回到夏天，那個假期一開始且落著大雷雨的清晨，我們開始找早餐店，卻差點迷路時……

也祝福你找到一個牛角可頌麵包般的深情戀人！

愛是一個可頌麵包

愛不需要多麼華麗的外表，更不需要多少海枯石爛的誓言，愛是每一天、每一刻，用可愛的巧思來取悅你正愛著的對方。

我們在前往南法的路上。車剛駛過法國的史特拉斯堡，就遇上了突來的豪大雨。

滿天壓得超低的大片烏雲，看來像是一朵朵黑白水墨畫裡盛開著的荷花；灰色的天空是張大畫布，黑雲被緩緩漾開成許多輪廓……雲時間，黑墨汁被潑滿了整個天際，終於，白天如黑夜。

我們的車子被強風吹得左右搖晃，感覺眞像身處超級強颱中。

「哇！」老德先生把汽車雨刷速度調到最快，但雨滴落得又大又急，還是看不清高速公路上前駛的車子。他只好將車速放慢，小心望著前方，緊握著方向盤。

「你看得到路？」老婆伸著頭往前車窗玻璃猛瞧。車窗外的雨已經下成白茫茫霧一片，連最近車子前面的路都看不見了。

老德先生轉頭看看我，眼神似乎在說：「妳問了一句大廢話！」

「喂！看前面啦！小心！」老婆擔心的叫起來，即使老婆的問題很爛，老德先生這時也不能隨便分心呀！

車內除了老德先生和短路老婆，還有第一回參加我們夏日長途烏爾勞布（德文：度假）的氣質卡（我們的小狗）。氣質卡在汽車後座蜷縮成一團，她把鼻子用前腳捂住，感覺是她天性使然的在躲避壞天氣，另一方面可能是被車內很強的冷氣凍壞了？

「氣質卡，妳要尿尿嗎？」短路老婆又開口問怪問題了。

「不要。」老德先生說。咦？我是在問氣質卡，老德先生搭什麼腔？

「你怎麼知道？我們已經有三小時沒停車休息了；你不是說氣質卡每三小時要給她下車跑一跑嗎？」短路老婆繼續問。

「拜託妳！就算氣質卡想尿尿，我也不能停車！妳看車外的天氣，我不相信氣質卡這時會想出去。再說我也不會下車蹓狗！」唉，老德先生眞可憐，除了得專心開車，還得應付我怪怪的問題。

雖說老德先生跟我解釋了天氣的狀況，但我還是很擔心氣質卡的生理情況，因爲她從昨天晚上到現在都還沒排泄，也就是說已經十幾個小時沒尿尿囉！我們猜可能是她第一回出遠門不能適應，加上睡在氣味不同又陌生的旅館房間讓她很緊張，所以就憋著一直不肯上廁所吧？即使我們拿出她最喜歡的狗零食誘惑，外加好說歹說，還在旅館附近蹓她超過一小時，但氣質卡就像是鐵了心似的完全不理會我們的努力，堅持著長時間不拉也不尿。

「氣質卡，妳準備一下，如果等一下雨小一點，我們就要停車尿尿喔。」我又回頭對著後座的氣質卡說。然而氣質卡對我依舊不理不睬，還把身體捲得更緊了。唉呀！這可讓我越來越擔心了！

「氣質卡妳要知道，我們的烏爾勞布才剛開始第二天，而且也不會很快結束；另外，我們現在離妳習慣方便的家裡已經很遠了，妳快放鬆，別憋尿憋到肚子痛喲！」我繼續囉哩囉唆了一長串。但氣質卡動都沒動，還把頭深深埋在前腳中間，更在我囉唆完時用鼻子歎了口長氣。

「氣質卡，妳這氣歎得對……」老德先生除了在一旁附和，也搖搖頭歎了口氣。

厚！這難道就是「一個鼻孔出氣」嗎？不過一個是人鼻，一個是狗鼻，這也算吧？

大雨沒停下來的跡象。看不見的強風捲著灰雲在天上滾，雨滴打在車頂的聲音比自動洗車通道中的四面八方水柱還強一百倍；本來想在中午就抵達下一個城市的計畫無望了。唉！今天早上還特地五點半就起床出發，而這大雨讓車行駛速度很牛步，連早餐都沒法按預定的時間吃了啦。

你一定會問，啥時是吃早餐預定的時間？我們不是自行開車烏爾勞布嗎？那麼行程應該可以不受支配輕鬆些，不是嗎？話是沒錯，但你有所不知，與老德先生一起旅行，一切得按照精準的時間表進行：

起床時間（依照第二天的總行程公里數，來決定三餐和途中休息的地點。所有餐廳、旅館和公路休息點的地址，都先輸入衛星導航系統）；用餐時間也不可拖拉過長，以免影響接下來的行程；天黑之前一定要抵達旅館（這點我挺認同的，因爲人生地不熟的地方，即使有衛星導航還是不大放心，加上歐洲冬季天黑得早，最好不要夜間開長途；但我不懂的是現在明明是夏天，白天很長，老德先生還是堅持最好六點前就抵達要投宿的旅館……）；每三小時要停車給氣質卡休息一下，順便解決方便問題；長途車程前不可以給氣質卡吃飯，避免氣質卡暈車嘔吐；抵達旅館後，要立即給氣質卡吃飯；睡覺前留充足時間蹓氣質卡。

以上是有效率的老德先生訂出的嚴格旅行規則，其實我已經很習慣了，但這回多帶了氣質卡一起烏爾勞布，老德先生就更加謹慎，旅行規則條目也有加長的趨勢。雖說短路老婆並不喜歡那麼一板一眼，但是一起生活就得努力找到適合彼此的相處模式，盡心互相配合，這樣才能手牽手經歷更多事呀。所以，世上每對愛侶的相處細節，真的都不會一樣，於是不可能有模範標準可以完全遵行。唯有對彼此有心的伴侶，就有耐心利用一起生活的時間來好好練習。好了，道理說完，重點來了：以我的散漫性格，是一輩子也訂不出如老德先生般的很多旅行規則的呀！如果照我的個性旅行，肯定是旅行時間表大亂，更有可能最後去到不是原定行程的好笑新景點喔。

「這可不行！」老德先生這時突然說。我嚇了一跳，以爲發生什麼事。

「怎麼啦？」我問。

「我們現在得吃早餐，不然接下來我們要上法國高速公路的收費道路，其中沒有很多交流道出口。這樣一來我們會錯過早餐，也讓預計用午餐時間拖到午後一點。」老德先生連精確的午飯時間都算出來啦？哇！這可讓我俯首稱臣了。

「那就在附近隨便找個小鎮吃早餐不行嗎？氣質卡也可以下車方便……」我給了一個沒什麼建設性的意見。

「我建議別到離公路交流道太遠的小鎮吃早餐，因爲要繞進小鎮再上高速公路會費時太久；到公路旁的連鎖速食餐廳吃早餐如何？」老德先生問。

「你說會費時太久，那我想請問一下，我們到下個旅館會是幾點？」我問對時間很敏感的老德先生。

「我已經用衛星導航上的預估時間算過了，我們大約是下午兩點三十分或四十五分可以到達。」他很清楚的回答了我的問題，「但這是不去小鎮吃早餐的行程估算。」他接著還追加了這麼一句。

我聽了心生一計，想說服老德先生到風光明媚的小鎮輕鬆吃個早餐。但我不能直說，因爲老德先生的預計行程一旦被打亂，他會沒安全感。我得想個不拖延行程，又不讓老德先生緊張的兩全其美的說法，來達成我的小鎮早餐願望。

「既然預估兩點半就可到旅館，那個時間可以入住嗎？通常要等房間整理好，對吧？晚點到也無關緊要啦！公路旁的連鎖速食早餐總是千篇一律，還不如繞道某個小鎮，吃個道地的法式早餐，你覺得如何？」我徵詢老德先生的意見。

老德先生想了幾秒，似乎被我說動了；這時，雨已漸歇，氣質卡也在後座伸了個大懶腰，好像準備好要下車跑一跑了。

「下個交流道是一個很小的村莊，去那兒看看有沒有早餐店吧。」老德先生說。

哇！超佩服我自己啊！居然讓老德先生願意更改行程，真是高興！

我們的車緩緩行駛在鄉間小路上。這時天已漸漸放晴，原野天際線上露出了美麗的陽光。慢慢整個天空像染上了藍色的顏料，越見清朗。路旁出現農舍、田野、牛群和清晨依然沉睡中的村莊街道。而望來看去，不見有早餐店……

「那邊！」我叫起來。我看見一個公園旁的一家小餐廳，這時正燈火通明，人進人出。我估計那兒有早餐可吃。

「哼……哼……哼……」氣質卡此時發出了要下車方便的訊號。老德先生將車駛向公園的停車場，他帶氣質卡去「方便」，我則到小餐廳去問可有供應早餐？

一推門，整個餐廳擠滿了用早餐的客人。幾位服務人員在忙著給客人續杯咖啡。我擠呀擠到櫃台前，向忙得不可開交的服務生問了。

「沒辦法，這是團體預定的早餐。眞抱歉！不過，對面有小麵包房。」戴著眼鏡的服務生指指對街的小麵包店對我說。

出了餐廳，老德先生對我高興的說氣質卡終於尿尿了。

「這裡是團體預定的早餐；他們推薦到對面的小麵包房。」我把剛打聽的早餐消息告知老德先生。

「剛和氣質卡轉到公園另一頭，看到停放著很多輛漂亮的老汽車（oldtimer），就想這兒一定是開老車環歐的團體在用早餐；那我們過街去小麵包房吧。」老德先生說。

過街來到小麵包房，這是家賣麵包、菸、咖啡的法國傳統小鋪子。我們從咖啡店

的小門進去，看到只有幾個客人在喝咖啡並和店主聊天；我看見一隻白色小長毛狗趴在店主腳下睡覺。氣質卡看到小白狗也立即趴下，被吵醒的小狗則很友善的走過來對氣質卡東聞西聞，兩隻小狗馬上成了好朋友。

啊，真喜歡這種悠閒的感覺！這家小店鋪雖無豪華裝潢，卻充滿著好聞的咖啡香、麵包香和親切的聊天笑聲，這就是人生最美的一天的開始呀！這時，身材胖胖的店主也跟氣質卡玩了起來，雖然氣質卡根本聽不懂店主講的法文，但還是一個勁兒的快樂搖尾巴，在店主腳邊蹭來蹭去。

老德先生點了咖啡，店主說隔壁就是他們的麵包店，可以去選要吃什麼早餐麵包。

老德先生到隔壁小麵包房一點完麵包回來，就像孩子發現新大陸般快樂的對我說：「妳快去看看，好有趣！隔壁正在烤麵包，我剛點了可頌麵包，還在烤爐裡喲！」這時老德先生的那種嚴謹全不見了，他似乎被現烤小麵包房的悠閒氣習給感染了。

我趕緊帶著相機跑過去看，哇！眞的是烤爐就緊連著麵包房，烤好的各式法式麵包就直接拿到旁邊的店裡賣，這種現烤麵包店在德國正逐漸消失中（麵包多由中央廚房烤好再送到麵包店裡賣），而這家小麵包房竟然有新鮮現烤的可頌麵包，眞的太讚啦！

徵得老闆的同意後，我開始很快樂的照相，唉！心裡眞恨不能將整個法式傳統現烤小麵包房完完整整搬回家呀。

這時麵包房的小徒弟，用木鏟把十多個烤好的新鮮可頌麵包給鏟出了烤箱。我一看這可頌麵包，口水已經快流下來了！因爲這

是非常傳統的可頌麵包！（不是層狀的牛角，而是維也納捲的樣子；這是二十世紀之前可頌麵包的長相。）塗了很多鮮牛油烤的老式可頌麵包一出爐馬上香味四溢。咖啡店老闆兼烤麵包師傅的阿伯，很細心的將可頌麵包整齊的排在爐旁的一個不鏽鋼小盤子上，他邊排著麵包邊對隔壁麵包鋪的老闆娘說，可以來拿剛出爐的可頌麵包囉。

個子小小的老闆娘聽到可頌麵包出爐了，立即拿了一個小盤子跑過來裝可頌麵包。

麵包師傅老闆在一旁靠著烤爐，帶著欣賞的眼神看著老闆娘俐落的動作，這景象可真和諧呢！

「啊！」不知怎麼老闆娘小聲叫了一聲。

我隨著她的眼神，才發現一個剛才還在盤子裡的可頌麵包，可能是老闆娘求快心切，一個不小心就把其中一個香噴油亮的的可頌麵包給掉地上了……

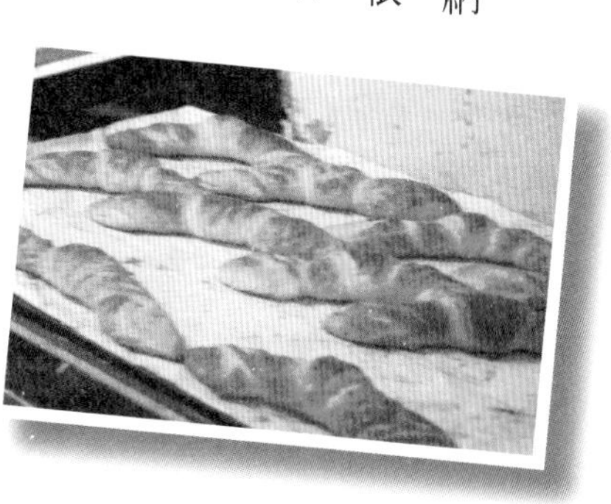

我看看一旁的老闆，好奇他會有啥反應？通常這種狀況，做老公的大多會不滿的小小碎碎唸一下吧？好擔心做老婆的一被唸，有可能會反擊哩！當我還沒擔完心，只見老闆大手一抬，對老闆娘指著可頌麵包不知嘟囔了些什麼？老闆娘聽了，很平和的像是在討價還價似的回應老闆的話，就在他們針對那個掉落地的可頌麵包一陣你來我往的「平和爭執」之後，老闆娘有點放棄似的攤攤手，微笑聳聳肩，之後，就抬頭靠近老闆，接著……老闆竟在老闆娘的雙頰上各親吻了一下！

哈哈哈！我看了大笑起來！連正在烤麵包的小徒弟也笑了。原來老闆堅持要老闆娘對掉落的可頌麵包負責，而負責的方式就是讓他吻她的臉頰，而且一邊一個吻！

哇！這眞的太浪漫了吧？我完全對這突來的浪漫景象怦然了啦！還好當我回過神按下相機快門時，有即時捕捉到這甜蜜的「可頌麵包之吻」！（眞的是繼《海德堡之吻》之後，又一曠世浪漫之吻！）

「哇！這可頌麵包眞的太～讚了吧？」我邊吃邊讚歎。

「眞的太好吃了！配上剛才發生的可頌麵包之吻場景，更好吃！」老德先生居然說出了這麼浪漫的話……這……跟剛才堅持要去連鎖速食店吃早餐以便節省旅行時間的他，完全不同呀！可見愛不需要多麼華麗的外表，更不需要多少海枯石爛的誓言，愛是每一天、每一刻，用可愛的巧思來取悅你正愛著的對方。

愛就像是一個可頌麵包，即使是不小心把它掉落在地上，來自愛著你的人的處罰，也可以是如此的甜蜜浪漫。這才是相處的最高境界！這境界要在兩人漫漫歲月的生活磨合中，用彼此溫柔包容的心才能練就的呀！

「停一下！我要讓更多人知道這個小鎮的名字！」我對本來已準備加速駛上公路的老德先生說。

「哇！如果太多人來買『吻可頌麵包』怎麼辦？這樣會把那小徒弟累翻！」老德先生開玩笑說。

「如果我是老闆娘，我可能會故意多掉幾個可頌麵包到地上喔……」自認爲很浪漫的搞笑老婆說完趕緊下車照相。

我喜歡這個不在老德先生烏爾勞布行程表上的迷你小鎮，證實偶而輕鬆一下，不按行程走，也會有大驚喜；就像吃到這「吻可頌」早餐的驚喜，讓人心情大好，就像一陣雨過天青般的清朗。

這溫柔的可頌麵包的故事，絕對讓所有懂愛的人，心醉神迷。

氣質卡與巴黎鐵塔

看著氣質卡背後的景象，就是全世界著名的巴黎鐵塔，而氣質卡卻根本一點也沒分神的啃著自己最愛的大樹枝，這畫面真的是太搞笑了吧？

我太虛榮了，居然想帶氣質卡去法國和巴黎鐵塔照相。

「妳覺得她感覺得出來她正在巴黎鐵塔前照相嗎？」老德先生問。

老德先生根本不想讓老婆沒面子，更不想向老婆說明「狗哪懂在哪照相的差別？」的基本認知；或許他很怕萬一說明了，老婆的遊興會大減？也或許，他已對老婆腦中的知性感官放棄？總之，本來邏輯觀念超強的老德先生，在和我相處多年的生活中，早學會了讀懂老婆好笑加混亂的思考模式。

「氣質卡在鐵塔前照相，我覺得超浪漫……雖然巴黎鐵塔對我們來說不新鮮，但畫面中有個卡妹，一定很有趣吧！」我搞笑的說。而此時一旁的氣質卡只對我晚餐盤中的雞排有興趣，她望著雞排的眼神閃閃發光，我在講什麼巴黎呀，什麼浪漫鐵塔呀，在氣質卡的眼中都是超無用的事物啦。

「不行，不行！不能在餐桌旁要東西吃，這樣的小狗沒氣質！」我對氣質卡搖搖手。老德先生很注重養小狗的紀律，所以絕不可以在我們吃飯時，給氣質卡吃我們的食物，以免氣質卡養成到餐桌旁乞食的習慣。

我猜氣質卡大概覺得很奇怪：女主人那麼大方的要帶我去什麼浪漫之都，但眼前一點美食都不跟我分享，眞是太小器了吧？氣質卡一直用力的舔嘴，表示快給我雞排，其餘免談！

我的奇特搞笑帶狗遊巴黎鐵塔的幻想，只引來老德先生的一陣沉默。我當然了解他的考量，因爲光是爲了一個氣質卡在巴黎的畫面，就得從原本預定度假的法國南邊，千里迢迢駕車到巴黎；而且本來我們沒有要帶氣質卡一起去烏爾勞布的計畫，若要帶狗旅行，老德先生就得把全線旅館重訂，必須改找接受小狗住宿的旅館。老德先生當下沒有答應我，可是考慮了兩天後（他先確定新的住宿資訊和路線）表示也許我們可以帶氣質卡一起去烏爾勞布。哇！這太棒啦！有時老德先生還眞的很像《紅樓夢》中會撕扇逗小女生笑的賈寶玉啦，啊，但別誤會他是要博得老婆一笑，而是怕若沒達成我的搞笑願望，以後我可能常哀怨想起，就會不停碎碎唸吧？我猜這才是不少老公都很害怕的恐怖壓力吧！

「確定不把氣質卡留在家嗎？」婆婆問。她覺得媳婦眞是太孩子氣了，不帶氣質卡出遠門，不僅省下繞道巴黎的力氣，還可以留在風光明媚的南法多玩幾日。

「已經確定了，接受狗住宿的旅館也都訂好了。氣質卡和巴黎鐵塔照相，一定很好笑，好期待喔！」媳婦竟大言不慚的說。

婆婆聽了搖搖頭說，如果我們改變心意，她很樂意幫忙照顧氣質卡。我知道婆婆說的是眞心話，因爲氣質卡很討公婆的歡心，氣質卡不僅會陪她去森林散步，或一起找朋友玩，且搞笑功力不輸給我！卡妹有種快樂的天性，簡直把本來超怕養狗的婆婆的心完全收服了。氣質卡甚至還會撿大樹枝（氣質卡挑的大樹枝都很直很乾燥，適合點爐火）直接放在壁爐前送給婆婆，這讓婆婆更加高興。這一點我們也覺得很有趣，並沒人教或鼓勵氣質卡這麼做，但她就是對大樹枝情有獨鍾。

「我們確定要帶氣質卡一起去烏爾勞布，今天還要去給她買安全帶。」老德先生對婆婆說。

「安全帶？」我聽了頭上冒出問號。爲什麼要給氣質卡買安全帶？

「人坐車，要繫安全帶；狗也一樣呀！」老德先生對我根本沒注意這些帶狗旅行的細節感到驚訝。

原來，在德國，狗搭車長途旅行，如果不是在車裡有裝置車內用狗籠，就要繫安全帶。狗如果是在車內，也最好要加裝前後座隔離網，以免緊急煞車時，狗會因此被摔飛出前座玻璃，這就會影響交通安全……啊，啊，啊！說到這兒，才發現我是眞的沒想到這些事！看來老德先生得兩天後才回答我是否可帶氣質卡一起去度假，是有原因的呀。德國的車速那麼快，如果沒這些保護狗狗的安全措施，眞的很危險！

公婆對老德先生這份細心很支持，催促我們把這些都準備好才能帶狗旅行。爲了氣質卡首次搭車挑戰超過一千公里的烏爾勞布旅行，我們得在出發前把很多相關的東西都買齊了。

德國的狗用汽車安全帶眞是琳瑯滿目！要我挑出一個適合氣質卡的，還眞得花點精神。幸好老德先生絕對是做足功課才出門。我們到了寵物店後，他很快就依卡妹的身材大小，選了一個狗用汽車安全帶，外加狗用車坐墊、狗用胸鏈……我也得開始練習給氣質卡穿脫狗安全帶（對我來說好像還挺難的，氣質卡有好幾次都乘機脫逃！），還好一回生二回熟。氣質卡，妳繫上安全帶，在高速公路上才不會被德國或法國的交警以違反交通安全罰款。

氣質卡根本不懂我們爲什麼給她添了那麼多東西？也不懂爲什麼她坐上車的同時還要被「綁」在汽車後座？更不明白老德先生要打包那麼多秤好又分裝好的狗糧放進旅行背包做什麼？氣質卡有好幾天都很疑惑的看著我們做這些不尋常的事。她只有在經過爲她準備的那只氣質卡專屬的大旅行背包時，會比較高興的搖尾巴，因爲她聞到裡頭有不少分裝好的狗糧。

終於，我們的車行駛在下班交通巔峰時的巴黎市區。這種大塞車對氣質卡來說可是痛苦的經驗。她被繫著安全帶已經超過四小時，從巴黎近郊進到市區，路況可說是把各方向的公路一整個塞成大停車場。

「唉～把浪漫的感覺都塞車塞到沒有啦！」老婆忍不住歎了口氣。

但誰也沒辦法，一路遇到公路上多起交通事故，衛星導航不停要我們繞道以節省行車時間。

「我懷疑大家都聽衛星導航的話，改道行駛，以至於大家都在塞一樣的路線嘛！唉喲！這些車都是聽GPS路線改道的車啦！」我指著一路

上動也不動的車子，悟出即使聽導航的話改道，還是塞在車陣的好笑原因。

老德先生已經有點累了，不管老婆講出多沒邏輯的話，他都已經不想回應。

「進市區就好了，就快到了！等一下我們要在快靠近旅館時，開始留意停車位……」老德先生現在只能挑重點跟我說話。

「什麼！沒有停車位？」我叫了起來。

「巴黎市區的旅館很少有能帶狗住宿，又有停車位的。」老德先生耐心的說。

啊！說得也是。爲了帶氣質卡到巴黎鐵塔前照相，老德先生挑了市中心的旅館。而在巴黎市區找停車位，要帶著中大樂透的幻想及耐力，連很多停車塔也都是車滿的狀況。

氣質卡在後座，被車陣停停走走的晃動，好像有點臉色發青。

「可憐的氣質卡，我們馬上就到旅館了……到了之後，妳馬上可以吃飯……」我轉頭對看來快昏倒的卡妹說。

她眼睛水汪汪的看著我。我知道卡妹從未受過搭長途車的折磨，不過，就算她現在想吐，胃也是空的，因爲飽餐的狗胃，只會讓狗狗在搭長途車時很難受。所以氣質卡從早上到現在，什麼都還沒吃……

總算在天黑之前，在旅館五條街外的一個小巷子裡找到了一個停車位。

於是，我們在巴黎街頭，夏日向晚的浪漫小雨裡，不浪漫的拖著行李箱，牽著氣質卡，找到了我們的旅館。

「對不起，不接受狗的住宿。」櫃台戴銀絲框、蓄小平頭的方臉大哥對老德先生說。說完還對氣質卡瞄了一眼，並搖搖食指。

我一聽，心裡暗叫不妙！櫃台平頭大哥的客服態度，一定會讓老德先生火冒三丈。我預計馬上會上演「德法大戰」……

「什麼意思？狗不能住宿？你們的旅館網頁上標明接受狗住宿。請你看清楚訂單再說……」老德先生即使剛塞完車，辛苦找到車位，淋著雨攜妻帶狗的，依然按捺著性子回答。

「不行就是不行，訂單上哪有接受你的狗住宿的訂房紀錄？」平頭大哥不甘示弱回嗆。不僅這樣，還把訂房單推回給老德先生。

事情進行到此，我個人覺得很精采！因爲超細心的老德先生絕對可以很理性的再嗆回去。不信你看！老德先生開口了。

「你要說話前，最好把功課做好，請你看這兒寫的是什麼？」老德先生加重了聲調把訂房單推回給平頭哥。

平頭哥低頭看了老德先生指的那行訂單上的字，載明著訂房確認細節：「雙人房，加一隻狗。狗的每日十歐元清潔費另計。」這可假不了，網路格式的線上訂房單，非常清楚呀。

平頭哥這時一抬頭，冷冷回了一句：「不行，就是不行！狗會弄髒旅館房間，狗會在床單上尿尿！」

哇！這下可不得了！我隱約看見老德先生的頭頂已經冒出無形的怒火；再看櫃台後的平頭大哥也擺出放馬過來的架勢了……如果這

樣堅持下去，「德法大戰」可能會一發不可收拾！老德先生的嚴謹精神，一定會把自己的權益維護到底……這樣一來，沒焦點的爭執會沒完沒了呀！我和氣質卡的肚子都好餓……我鼓起勇氣也開口了：

「哈哈！我剛聽到你說狗狗會尿尿弄髒房間，是吧？這點我想說明一下。」老婆開始扮演「德法大戰」居中調停的角色。

平頭大哥和老德先生同時被我嚇了一跳。

「我們的小狗上過德國的狗學校。德國狗學校是很嚴格的，她絕不會弄髒旅館房間。」我面帶微笑的對平頭大哥說。就當我說完這些話時，神奇的事發生了。平頭大哥立即開始幫我們辦入住手續，並且和善的將房間鑰匙遞給老德先生。

「上過狗學校就沒問題。」平頭大哥笑著說。還客氣的告訴我們電梯的位置。

老德先生本要冒出的怒火，現在變成了頭上一陣陣問號的白煙。

「我又餓又累，好怕你們『德法之戰』開打會沒完沒了，所以只好強力介入……」我進了旅館房間後對老德先生說。

「妳的方式很有趣；櫃台平頭哥的反應更有意思。」老德先生邊說邊餵氣質卡晚餐。氣質卡看到秤好的狗糧包時，簡直快樂翻了。

「哈哈哈！好高興！我們終於可以去吃晚飯了！」老婆眞的是因爲擔心「德法大戰」會擔誤晚餐時間，才急中生智的吧？不過，平頭大哥也挺豪邁的，接受了我的說法解釋。或許德國狗學校裡的狗學生信譽還不錯，平頭大哥自然就少擔點心。

看來我簡單害怕會錯過晚餐的心，平息了一場爭執。哈哈！

第二天一大早，我們決定早點出發去巴黎鐵塔。原因有二：一、上班前不會大塞車；二、早晨遊客少，照相光線好。果眞到達巴黎鐵塔前的停車場時，還有很多空位。這感覺眞不錯！唉～曾幾何時，「人少又有停車位」已經變成生活在市都心的幸福指標呀？眞是太滑稽啦！

氣質卡跳下車，她對於可以伸伸懶腰、亂跑一陣的舒暢很喜歡，一下子就消失在停車場旁的公園樹叢中，啊～氣質卡跑不見啦！

「氣質卡！氣質卡！妳不認識路，別～亂～跑～！」我急得叫起來。

老德先生則快步走向樹叢，擔心氣質卡會跑上人車漸多的大馬路。這時我卻看見樹叢中同時跑出來兩隻狗：一隻是咬著一根大樹枝的氣質卡，另一隻是黃金獵犬。

黃金獵犬聽到我在大喊氣質卡的名字，像打招呼似的跑向我。

「啊，你是誰？」我開心的摸摸這隻很友善的狗，接著就看到狗的女主人拿著狗繩慢慢走過來，原來是住在這兒的居民在蹓狗。

她開始說法文，但發現我們法文不靈光時改用英文說：「我剛剛在樹叢另一邊，看見這隻狗。」她微笑指指氣質卡。

這位女主人的氣質很棒，穿著談吐皆十分優雅；把我這小鎮的家庭主婦所有自以爲是的氣質功力，一下子就給比了下去呀！

「她是氣質卡；您的狗叫什麼名字？」我問這位氣質狗主。

「我的狗叫福婁拜；氣質卡是女生吧？Flaubby（狗主簡化了福婁拜的發音）是男生。」氣質女狗主優雅的回答。

福婁拜？她說這隻黃金獵犬叫福婁拜！這可太有趣啦！福婁拜是法國非常著名的小說家；他寫的那本膾炙人口的小說《包法利夫人》，講的正是一位內心虛榮、成天想到巴黎找情夫，盲目憧憬著過上流社會生活的小鎮家庭主婦的故事嘛！呵呵，這可眞是一記當頭棒喝呀，我……就是包法利夫人！我跟包法利夫人不同之處是：我想帶氣質卡到巴黎照相，認爲這樣很浪漫哩！而我的搞笑願望，讓老德先生除了多出不少烏爾勞布預算外，還要重新安排路線和住宿，眞是爲了老婆無悔的付出呀！唉～是不是上天要這隻黃金獵犬來警告我說，別學福婁拜筆下那個家庭主婦呀？這巧合眞是超霹靂的，害我愣了一下，講不出話。咦？我這個很少考慮到別人的自私老婆，居然也有多愁善感的時候哩！

「在這兒讓狗自由活動，不會有問題吧？」老德先生問氣質女狗主。老德先生只擔心實際的問題，他可不想被巴黎秩序局的執法人員因氣質卡沒牽狗繩而開罰單。

「現在時間還早，沒問題，這時間還在可以忍受的範圍。」氣質女狗主回答。

我好喜歡這位氣質女狗主的說話方式和聲調；我猜她會給小狗取名福婁拜，可能是位喜愛閱讀的人？真可惜沒機會跟她多聊聊……

這時氣質卡邊啃著大樹枝邊進行嚴謹的清雜枝，她似乎在檢驗法國和德國的大樹枝有沒有味道上的差異？而一旁的福婁拜臉上露出被卡妹熟練清雜枝的動作給震懾住的表情，他靜靜看著卡妹，並沒有打擾。看來氣質卡愛撿大樹枝的心，散發了可愛的強大魅力，迷住了住在浪漫之都的福婁拜先生喔！

看著氣質卡背後的景象，就是全世界著名的巴黎鐵塔，而氣質卡卻根本一點也沒分神的啃著自己最愛的大樹枝，這畫面真的是太搞笑了吧？

突然奇怪的想起了福婁拜寫的另一部小說《簡單之心》，故事的主角是一個地位卑微的女僕，她一生之中只做她專長的事，卻總是盡忠職守，並且對身旁的人都很友善；她照顧人無微不至，看護牲口耐心又專業；她簡單的心思，幫她度過許多人生的難關，甚至贏得了主人的全部信任和鄉民的尊重。即使女主角有些過於癡情，對大環境的逆境都太過認命，甚至到最後將一隻鸚鵡看成是上天派來的聖靈的思考有些愚瞋。但在這時時充斥光怪陸離、荒謬怪象的世上，我們總會在心情亂糟糟的時候，被福婁拜筆下這種簡單的心所溫暖吧！讓我們學習不要常忽略又辜負了這樣簡單的心……

氣質卡有顆愛大樹枝的心，而且是可愛的簡單的心。

這是我在巴黎鐵塔前，因爲氣質卡和福婁拜的相遇，而有的好笑溫馨領悟。

好笑咖啡日報

你知道嗎？歐洲也有各種形形色色的夾報廣告單，充斥在人們的日常生活中，專業的程度更讓消費者眼睛發出期待的光芒。

文章標題很像八卦小報的名字吧？但請看下去，就會知道一個有趣的生活小事，如何影響著德國人的日常生活。

你身邊一定有很多人喜歡每天研究一下大賣場的廣告單，看看有哪些特價品可買？或是有哪些本來很貴，商家特別拿出來限時特賣以招攬顧客的商品吧？不少人一看到這種廣告就難抵誘惑，要趕快去搶購。

精明生活的德國人，更喜歡把看特賣廣告單當作生活中很重要的一部分。我這主婦也不例外，每天會翻翻夾報廣告單看看哪兒有哪些好康。

「妳家的夾報廣告單，有沒有這家超市的特賣消息？」婆婆在電話中問。

「沒有呢！妳家那邊的超市雖是同一家，但是有分市區分店和郊外大賣場分店的特賣價格。」媳婦回答。婆婆和我對夾報廣告常常互通有無，因爲我喜歡喝的咖啡常會有限時特賣，如果不在限時內去買，絕對是買不到的。

「昨天我有去買我家這邊的分店的限時特賣咖啡豆，結果貨架上還是原價呀！我就去問櫃台怎麼回事？原來限時在下午四點以後才開始特價。我當然又去了一次，把貨架上的咖啡全掃回家了。」媳婦搞笑又豪氣的說。

「哇！妳眞誇張！我就是要跟妳說有另一家超市也要限時特賣妳愛喝的咖啡豆；不過妳已經掃那麼多了，我就不用幫妳買了。」婆婆說。

哈哈！原來我看特價廣告單買咖啡豆已出了名，連婆婆都會幫我注意特賣時間。

其實，我只對特賣咖啡豆有興趣，因爲差價實在太驚人；錙銖必較的主婦一看到可以省不少錢，就會買更多包咖啡；可是賣場裡有其他的商品引起了我的注意，無緣無故又多買了很多不需要的東西，到頭來商家特賣策略成功，輸的還是乖乖掏錢的主婦呀！

但是，我這好笑的習慣，卻讓認眞的老德先生嚴肅對待，他把尋找我喜歡喝的咖啡品牌特賣廣告，當成了運動。他會看各種網路廣告單、賣場的廣告單，一有老婆喜歡的咖啡豆特賣活動，一定馬上通知我。即使他也知道，我去買特價咖啡，一定會多花錢買其他商品，也不以爲意。因爲我從不看廣告單上其他商品的特賣消息，只有看到咖啡特賣，眼睛才會散發出驚人的光芒，廣告單變成我好笑的「咖啡日報」：我把咖啡特賣當成每天最重要的頭版好消息啦。

「這是今天的夾報單嗎？」鄰居太太路過我家聊天時看到玄關櫃上的廣告單。

「妳要看嗎？我正準備丟紙類回收……」我說。

「我要這幾份。」她抽出了各種美食店的小廣告單。我一看有義大利美食店、法國美食店、德國知名有機超市，還有土耳其超市的廣告單。因爲這幾家很少會有咖啡特賣，我從沒特別注意。

「哇！有法國農家的乳酪特賣！」鄰居太太愛烹飪各國風味的料理，她總是在找新鮮的食材。我看她的眼睛亮了起來。她說這種好乳酪的價格若不特賣，還眞買不下手。接著她又在義大利美食廣告上，找到特賣的手工義大利麵條，外加降價的火腿。

「妳去土耳其超市買什麼呀？」我好奇的問。

「有些直接從中東來的香料很不錯，新鮮又便宜；還有一些地中海風味的醬料，只有這超市才有。多數的南歐食材非得到這樣的超市才買得到；一般德國超市的商品都太規格化了，也就是沒變化。」鄰居太太邊翻廣告單邊說。

她料理的南歐和中東風味的食物眞的很好吃，原來道地的食材不可缺。如果不是她在看這些店鋪的廣告單，我永遠不可能會去翻這些商品琳瑯滿目的廣告單。所以，廣告單對鄰居太太來說，就是她專屬的「異國風料理日報」了呀！哈哈！

還有一位德國朋友，完全不吃德國超級市場賣的東西；他只去農場買農產品，連吃肉都是和志同道合的朋友們一起向有機農場的農夫合買一整頭牛或豬，農家將肉分好了送來給他們，他們就將肉冷凍起來慢慢吃。他們堅信一定要看到自己吃的東西的來源，也要知道動物沒受到任何的虐待，如此他們才吃得安心、吃得快樂。至於其他的日用品，他們也只去有機商店購買，所以有機商店的廣告單，就是這類德國朋友的「有機生活日報」啦。

德國有很多企業都會很注重企業形象，常推出道德商品交易，也就是幫第三世界製造國的當地居民直接賣產品。很多超市的廣告單上會標明：「本商品是透過 Fairtrade 的運作來行銷，不會剝削當地製造者的權益。」德國家長們也乘機教育小孩什麼是公平交易，加強小朋友們的道德觀念。這樣的商業運作，雖說還是爲了賺錢，但是有心的置入具有教育意義的正面觀念，也算是企業的功德無量。

最近因爲氣質卡，公婆迷上了寵物大賣場的廣告單。

「以前完全不會去注意這種賣場的廣告單！」婆婆笑著說。她很精明的會去比較各寵物市場狗牙膏的品質。從狗牙刷、狗牙膏，到所有潔齒零食，婆婆都很有系統的全面了解一遍。哈哈哈！我眞是敗給我家那麼認眞的婆婆啦！不過，看到德國寵物商品大賣場的廣告單，就知道德國的寵物商品商機眞的很驚人。我猜這種被我定義爲「狗牙膏日報」的廣告單，可是很多德國人的最愛喔！

另外，園藝店的廣告單也是婆婆的最愛，一打開廣告單，光是花和草的名字和價格，就已讓我眼睛花掉……更別說一堆園藝專用的工具、施肥藥劑、花盆、季節樹木、小草植物……我沒看兩分鐘就投降！而婆婆馬上就可以從很多廣告單中找出她要的樹木花草，讓我這沒慧根看懂「花草植物日報」的媳婦很佩服！

德國的各種建材大賣場廣告單，是很多男生的最愛。各種德國最新的修繕工具材料，大家都很有興致去看看或是買來用用看。我們有個鄰居只買德國優良認證的工具和有機塗料；不弄清楚建材是否含有有害人體的物質之前，他絕不會貪小便宜亂買。他連家中用的工作梯都用有優良標章的產品，看到他家的工具間，眞的就是一整個德國「優良標章」工具的展示間。德國這種對建材工具挑剔的人不少，廣告單上也會有這種優良工具的特賣。

老德先生在台灣發現廣告單還有一個功用，就是不少人會爲了保持餐桌桌面清潔，回收當日的夾報廣告單來當吃飯時的餐墊，用完即丟；老德先生從未想過廣告單還有這種用途！他現在只要跟我回台灣，逮到機會就拿他喜歡的廣告單來當餐墊，如此就可以邊吃飯邊看廣告單，眞是入境隨俗到搞笑的地步啦！

總之，德國的夾報廣告單分類十分專業，反映出德國消費者的消費需求也很專業。如此看來，我的好笑「咖啡日報」似乎沒什麼深度呀，只是爲了省錢！但僅僅就咖啡一項產品，我就得每天看很多份「咖啡日報」才能確切掌握咖啡豆的特賣消息……

你也愛看商場的特賣廣告單？你喜歡看哪種有趣的生活日報廣告單？

現在你知道，在地球這邊的歐洲，也有各種形形色色的夾報廣告單，充斥在德國人的日常生活中；而且更專業，更讓消費者眼睛發出期待的光芒。

亞當、夏娃、蛇肉羹

如果亞當和夏娃是中國人，世界會變成怎樣呢？答案是：他們在伊甸園裡會把蛇吃掉，而不會吃掉蘋果。

中國以前給歐洲人的感覺，比地球儀上標出的距離還要遠上幾萬倍。

近年，古老大國的經濟崛起，文化擴展起飛，通商的來往頻繁，通婚的甜蜜結親，歐洲目前和中國的飛航距離，比馬可波羅時代的商船要快上數百倍；然而，兩邊的人們是否因此更加彼此了解呢？

這社會學科的專業大疑問，還是留給學者和數據去回答，不過，德國流行著一個笑話，道出了歐洲人內心對中國崛起的五味雜陳。

笑話是這樣：

問題：如果亞當和夏娃是中國人，世界會變成怎樣呢？

答案：他們在伊甸園裡會把蛇吃掉，而不會吃掉蘋果。

這個笑話是公公說給我聽的，要說之前還再三強調，希望我不會介意這有點種族主義意味的笑話。很感謝公公那麼細心，但這笑話真的很好笑！

讓我們仔細想想，歐洲人一定很擔心如果亞當和夏娃要是真把蛇吃了，那整本聖經不是都要改寫了？那麼緊接著不就是歐洲的信仰要歸零了？更可怕的是，德國人一提到吃蛇，真的有點害怕，所以這笑話雖然有點鬆口氣的感覺，不過也對中國人什麼都吃的舊時壞形象小小諷刺了一番。

我決定把這個笑話放上微博；雖說有點害怕會被圍剿，但是看看現代中國青年人的反應，也是挺有趣的。

「哇！妳眞大膽！」德國朋友替我擔心。畢竟中國那麼大，各種思考方式都有，況且又與西方人的想法南轅北轍，朋友猜我到底會不會被罵慘？

「沒有激烈的反彈，但我從許多不同的微博留言上歸納出幾種不同的反應。」我一副好笑學者的口吻。德國朋友一聽全笑了，知道我常如此好笑歸納事情，都等著聽微博上的人對這笑話的反應。

「大城市的人，聽了笑話都有笑；大城市就是你們知道的北京呀、上海呀、南京呀……」我說了幾個德國人較熟的大城市的名字。

「難道還有其他的反應？」一位德國朋友問。

「比如有住在不是那麼現代化大都市的博友，他們說這笑話說的肯定不是他們那裡的中國人，因爲他們不吃蛇，而且那邊的人根本沒看過蛇。」中國那麼大，每個地區的地理環境都很不同。

「呵呵呵！這倒是，我們都忘了中國很大！」德國朋友們聽到這兒恍然大悟。

「還沒完呢！還有不同的反應。」我繼續說。大家露出好奇的眼光，不就是吃蛇、不吃蛇的兩派中國人嗎？還有什麼不同的反應？

「沒錯，現代中國人也不是什麼都吃；大城市的人欣賞的是笑話本身的幽默；不同的地理環境的人會說根本就不吃蛇；這個笑話裡的『中國人』，應該改成什麼都吃的『廣東人』才對！」我解釋了一番。

「啊！你看我們德國人，笑話講得眞不專業，我們大多數人哪知道這些差別！」德國朋友聽完互相討論了起來。不少德國人常這樣，對沒做專業的事情很計較。所以經過我這番說法後，就馬上指出這笑話的盲點。

「對不起，我還沒說完呢！」我笑著說。

「還有別的看法?」大家無法置信的笑著問。

「因爲大家都在笑說，只有廣東人會吃蛇，眞正的廣東博友終於發聲：他們說雖然是廣東人，也不是每個廣東人什麼都吃，氣憤大家都那麼以偏概全。」我說出廣東在地博友的反應。德國朋友這時也很贊同廣東博友的看法。

「可是，就在大家爭論得不可開交時，有廣東博友問了一個問題，讓我又找到了這個笑話的最新盲點！」我故意賣關子似的說。大家頭上冒出問號。

「好吧，這位廣東博友囁嚅的問了句：我是廣東人，大家對廣東人成見不少……我不吃蛇，但想請問一下……亞當和夏娃這兩位，是誰呀?他們吃蘋果或蛇肉羹，大家好關心……」

哈哈哈!我還沒說完，所有的德國朋友都爆笑了!原來，這時大家才恍然大悟，不是每個人都讀過基督教的聖經，這個笑話，只有知道這個聖經故事的人才聽得懂呀!

「唉呀！沒錯！不是地球上每個人都讀過這個故事！難怪會這麼問！」一個朋友搖著頭，笑著說。

這個笑話其實點出了我們生活在許多認知盲點中，如果不常常耐心的和別人溝通，進一步帶著體諒的心思考，肯定會因為生活環境和文化差異造成不必要的誤會。我把這個故事和不少德國朋友分享，發現他們的反應都是聽到了那句「亞當和夏娃這兩位，是誰呀？」的時候爆出笑點，可見腦海中都是根深柢固的以為，每個人都讀過這個伊甸園裡的古老故事。

這是一個文化差異的最佳例子；下次聽到這種不同環境中的笑話時，可以嘗試一直推論下去，或許也會很有趣喔！這則亞當和夏娃吃蛇的笑話，你又如何看待呢？

辣油小狗訓練營

氣質卡的阿公阿嬤一定是愛吃辣家庭長大的，但照氣質卡的嗜辣度，她的曾祖父母應該住過中國的四川吧？

隨著氣質卡長大，我遇見了各種讓狗主們都一樣傷腦筋的問題，其中一個就是：氣質卡會亂吃街上的東西！

「妳家狗也會這樣嗎？」一位女狗主問我。

「會呀！一塊麵包、剛溶化的冰淇淋、小糖果渣兒、被車輾過的漢堡包……」我搞笑的數著氣質卡亂吃過的東西。

「哈哈！只吃掉在地上的東西嗎？」那位女狗主笑著問。

「我不好意思說……氣質卡有次經過樹林中的步道，有人在野餐，她用迅雷不及掩耳的速度，偷吃了那家人放在餐籃中的麵包……」我心虛又誠實的說。唉，還好那家人很可愛，也有養狗，馬上原諒了氣質卡要不得的偷吃行為。

「我家這隻是專偷街上小朋友手裡的麵包，假裝沒事經過，小朋友拿在手中的麵包就被牠叼走了！害得小朋友大哭，我因此賠過人家不少麵包！」女狗主說。

「那您如何訓練牠節制呢？有好方法嗎？」我問。

「有讓牠去上課，我們也用了很多方法來訓練；不過最好的防範還是要牽狗繩，看到小朋友吃東西快避開。」女狗主說。

哇！還好氣質卡還沒想到要去偷小朋友的麵包！

我也開始留意，其他狗主有什麼好方法可以避免小狗的這種壞習慣？有人說可以用臭起司誘惑狗狗，當她看見路上的東西要吃時，馬上拿出臭起司引回狗的注意力，等到狗狗習慣後，牠一定會有反射行爲，看到路上的東西不吃，而跑來找你要起司吃。這樣就是訓練成功。還有一個方法是用較長的訓練用狗繩，把食物放在遠處，讓狗狗跑向食物，快接近時就猛拉狗繩制止，等狗狗習慣之後就不會去亂吃街上的東西。

以上的方法，我們都試了。但不知是氣質卡太傻，還是主人太笨，氣質卡是起司吃到上癮，路上的東西還是來者不拒。至於長狗繩那一招，可能只對某些狗有用吧？

這樣不行！我得想辦法讓氣質卡改掉這種壞習慣！也就是說，除了家裡的狗糧餐之外，絕不會去亂吃路上的東西。

「妳確定這方法有用？」老德先生懷疑的說。

我從網路上找到一個訓練德國警犬的方法，這方法可以讓狗狗只吃狗主給的食物。訓練方法：將肉丸中放入辣椒醬，在路上不同的點布置八至十個辣椒肉丸，狗狗吃到後會被辣翻，幾次之後就學會不吃路上的東西。

「一定有用吧？不然怎麼訓練警犬？警犬耶！」老婆邊說邊把做好的碎肉丸子放進塑膠袋。我在每個肉丸中加了超辣的四川辣醬，外加用新鮮辣椒炸的辣油。

「那位訓練師特別交代，肉丸表面不宜有辣醬，這樣狗狗會發現，聰明的狗不會吃；要把辣椒醬放在肉丸的中心才行。」我邊說邊檢查八個肉丸子有沒有辣油溢出。

「我現在要怎麼配合？」老德先生問。

「喔，對，你現在要幫忙最重要的一個步驟：別讓氣質卡看見我出門，不能讓她知道是我準備的肉丸，不然她會吃得很安心。」我叮嚀老德先生。

小狗辣油魔鬼訓練營馬上就要開始囉……

Sarah

我把辣肉丸分別布置在平常蹓狗的路線上。接著回家帶氣質卡出去散步。

「咦？那是什麼？」當氣質卡聞到肉丸香，馬上要去吃時，我假裝不知道肉丸的事。

氣質卡一口就吞掉了第一個辣油肉丸，她舔舔嘴，眼神散發出好想再吃一個丸子的光芒。

咦？完全不怕辣?!我想大概是她吞太快，辣油沒辣到她的狗舌吧？無所謂，後面還有足夠的辣油肉丸讓她學會新規矩！

可是，氣質卡一口吞掉了第二個辣油肉丸，高興的吞掉了第三個辣油肉丸……到最後，氣質卡簡直樂壞了，因爲街上到處有那麼好吃的肉丸，她根本不肯回家！

「妳不是說這方法很有用嗎？」老德先生問。當他聽到氣質卡把所有辣油肉丸都吃完後很困惑。

「這簡直太離譜了吧！我看見辣油都沾滿她的舌頭，她也不怕辣！不可能啦！」我假裝快哭起來。

「她吃了那麼多辣椒油，會不會拉肚子？」老德先生很擔心貪吃的氣質卡會被辣到肚子痛。

「會嗎？那個警犬辣油訓練法沒寫訓練失敗的案例……好像都有成功……真的嗎？氣質卡，妳會不會被辣死呀？」我也開始害怕氣質卡的腸子會被那麼多辣油給摧毀。

我們看看正在睡大頭覺的氣質卡，似乎非常滿足於吃了這麼多辣油肉丸子哩！好像睡得很香，可能所有的碎肉丸子正在她的夢裡飛來飛去吧？第二天，氣質卡沒拉肚子，食慾很好；第三天，氣質卡依然頭好壯壯；我們完全敗給比德國警犬還厲害的氣質卡，如果有狗狗吃辣大賽，氣質卡絕對可以代表德國贏得金牌！

「今天我遇到一位專門訓練查緝炸彈軍犬的馴狗師，我告訴他氣質卡吃辣油丸子的故事。」老德先生下班回家後對我說。

「他怎麼說？方法錯了嗎？」老婆還存有一絲希望。

「方法沒錯，只是他懷疑氣質卡血液中帶著南方拉布拉多犬的性格。」老德先生也笑了。

「南方？什麼南方呀？」我問。

「他說氣質卡的祖父或祖母，很有可能曾經住過西班牙、希臘或土耳其之類的，那邊的人吃得辣，狗比較習慣。」

哈哈！這位馴狗師很幽默喔！我看氣質卡的阿公阿嬤一定是愛吃辣家庭長大的，但照氣質卡的嗜辣度，她的曾祖父母應該住過中國的四川吧？

「請問一下，您都不管您的狗亂吃嗎？」我這幾天散步時，遇到了讓狗亂吃的狗主。他完全不制止，他的狗吃了好幾塊路上的麵包。我很驚訝，於是斗膽問他。

「所有訓練方法都試過了，全都無法見效。」這位穿著時尚、戴著白框眼鏡的男狗主說：「我就想著，給牠亂吃，牠在街上吃多，我回家就少給，結果您知道發生什麼事嗎？」這位好笑狗主問我。我當然太想知道啦！

「牠吃過很多街上的東西後，變得很挑嘴，只有很新鮮、聞起來不可疑的，牠才吃；現在牠對街上的食物不大喜歡了，剛才那麵包是一個小朋友掉的，牠才吃。」時尚男狗主自有一套馴狗哲學。

哈哈哈！原來有這種對狗狗的亂吃習慣採取消極放棄態度的狗主……我們還是不讓氣質卡亂吃，因爲氣質卡的每日狗糧算得很精準，老德先生都是先秤好裝好，我只負責倒出來給氣質卡吃就行了。而且狗狗吃太多髒東西，有了蛔蟲，那才是得不償失啦。

你家的寵物也這麼搞笑嗎？希望每隻寵物都很健康，這才最重要喔！

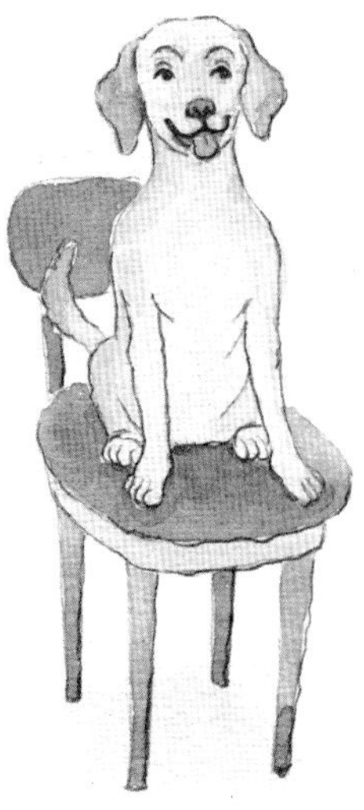

學會獨立，活得更自由

一個人的生活一定要堅持給自己一些空間，不管外在環境是好是壞，內心一定要有屬於自己的成長線條，不然你的生命是在別人給你的框架中成型……

這個故事提到的三種人，他們有什麼不同？答案：他們在歐洲，沒有不同，甚至因爲社會教養，還會彼此尊重。

或許你很難想像到底我要告訴你一個怎樣的故事？那就請你聽我

娓娓道來。

我自己的童年是這樣：小時候媽媽有好幾位幫手照顧我們小孩子，上學有車子接送。家裡吃飯叫的是知名館子的外燴（我最喜歡坐在家裡玄關等師傅提著大鋁盒送菜來，一打開大蓋子的陣陣菜香，比吃到嘴裡更美味！）；平常有人專門煮飯給我們吃；逢年過節我收到不少禮物。或許這是別人會羨慕的生活？但我總想跑出管制著我的花園大門，去呼吸更多外面世界的空氣。啥都不愁的童年，讓我受到了過分的保護。（我還是很感謝我父母喔！只是我天性太好奇，太愛亂走亂逛了，哈哈！）

曾有一次出席一個歌唱比賽活動當評審，一位贊助活動的先生對我說：

「妳還記得我嗎？」

「不認識你！」我回答這個看起來似乎和我很熟的陌生人。

「我住妳家對面。妳可能除了上下學以外，從不出門；妳家的大宅子太神秘了……我和幾位鄰居每天下課就用高倍數望遠鏡偷看妳家……」

「什麼！」我差點尖叫。

「我們看見妳家小孩都穿著漂亮的衣服，坐在花園的水池邊……」

聽了他的描述，我簡直背脊發涼加發抖了！這位陌生先生說得一點不假，這正是我童年的生活；而我竟不知曾有好奇的人這樣「用高倍數望遠鏡」偷看過我。還好他很誠實的對我說出這段我從不知道的事，並且在多年後希望我能諒解、別介意。這位鄰居的行爲簡直就像狗仔嘛！然而，如果不是他告訴我這段荒謬的偷窺往事，我永遠無法從另一個角度看到自己的成長歲月。即使當下在聽他描述這些事時，心情非常震驚加震撼！

我經歷過優渥的成長環境，外加被嚴格管束的生活，於是我想過自己眞正想過的日子；也幸好我的父母沒花太多精神與我爭執，我的反叛期才能又短又平和：

我高中就開始一個人住，我也獨自旅行，做我喜愛的工作，自己賺生活費，我甚至讓家人震驚的突然決定嫁給他們不認識的老德先生！我總覺得，一個人的生活一定要堅持給自己一些空間，不管外在環境是好是壞，內心一定要有屬於自己的成長線條，不然你的生命是在別人給你的框架中成型；這種人生，對我而言，就算長成也是很悲慘的。

還好我很幸運，我的父母允許我有這樣的空間，所以我在離家獨立後的成長是很過癮的。這對我的人格形成很重要，我知道該如何讓自己喜歡自己的生活。我從未跟別人提起我的童年生活，我的朋友們幾乎不知道這些事。這正是我想達到的人生效果，我希望朋友看到的就是「我」；因爲這才是眞正的我呀！

出嫁之後生活的地方，是人生哲思方面成熟的中歐。這兒的成長教育，確實比較不浮誇。因爲學校教育很早就開始教給孩子人生中最重要的東西：獨立。所以，孩子就快快樂樂開始找尋自己喜歡的人生學科，展開為自己準備的最具挑戰的人生功課：認識自己。

我很喜歡這種教育理念，我也很贊同歐洲人這樣教小孩，更棒的是，多數人在他的人生中都有自己的座標，認真做分內的工作。於是，專業是王道，沒有誰比誰高尚；權貴欺壓社會不同階層的勞力付出，在歐洲已是上個世紀的歷史。所以，只要你夠專業，不打混，就會受到身旁的人尊重。像這樣對生活與工作的專業態度，就是讓德國在各方面都很嚴謹、強勢的大半原因。

而這獨立自主的強大特質，不只是讓國家強盛，它也會讓生活在這環境中的人具有同樣的氣質。

現在，來導入正題。有一天我上髮廊剪髮時，幫我洗頭的女生，氣質實在有夠出眾，完全是貴婦的舉止儀態，然而她為何會在這兒工作？她的人生是否有一個很不尋常的小水花濺起，將她帶離了某處呢？這引起我莫大的好奇心！嘿嘿，家庭主婦一旦好奇起來，再厚的城牆都難擋。於是，我們左聊右聊，氣質洗頭妹就告訴我她如同電影劇本般的故事：

我們暫且將洗頭妹取名爲凱瑟琳（因爲我個人覺得這個名字很有氣質），故事得從凱瑟琳出嫁前說起。她原本來自一般尋常人家，在德國的職校學習後，拿到美容美髮方面的資格；因爲長相甜美又很會打扮，經由朋友介紹，認識了一位年紀相仿的德國富家子弟。

凱瑟琳爲愛結婚，本以爲是天作之合的婚姻卻不受婆婆的認同（據凱瑟琳說，婆婆本給兒子物色了同業夥伴家的女兒當媳婦，但凱瑟琳的老公不從）。無奈老公繼承家族的龐大事業，必須留在自家祖宅生活，凱瑟琳也就嫁雞隨雞，過起了富有人家少奶奶的大家庭日子。雖說衣食不愁，生活優渥，可是當兩個小孩相繼出世後，婆婆就在孫子、兒子間挑撥是非，讓凱瑟琳每天都過得很不快樂。

「我根本不在乎婆婆的阻撓，我很愛我的先生，如果他支持我，我會忍受一切。但有一天……」凱瑟琳歎了口氣。

「發生了什麼可怕的事嗎？」滿頭肥皂泡的我張大眼睛問。

「也沒什麼，就是我婆婆興高采烈的來找我，對正在給小孩準備午餐盒的我說，她發現我老公有了小三。」凱瑟琳平靜的說。

哇！我差點叫出聲！這太過分了啦！眞是可憐的凱瑟琳。

「那妳怎麼回應呢？」我問。

「我先找先生問清楚，他坦承一切，並說他有許多工作上的壓力，回到家又要面對母親和老婆間的緊張關係，他就一時軟弱找了紅粉知己傾吐，然後……」凱瑟琳微笑的聳聳肩。

我這時腦中冒出的畫面是連續劇中哭天搶地，抓姦時互踢互咬互摑耳光的畫面，接著再來個離婚分產爭奪戰，另加場演出瘋狂搶小孩撫養權的二流戲碼。不料，我忘了這兒的女人先想的是如何從這個情況中「獨立」出來；她要先保護自己的身心靈，重新面對這個新情況。這兒就凸顯了從小受到教育的影響，於是她懂得如何理性的將自己的生命有秩序的重新排列組合。

「思前想後，問題出在我婆婆。她沒有讓她的兒子，也就是我先生自己長大，她自己也連帶的很孩子氣。我理解她的處境，我猜她看我就像回首看當年的她自己，嫁入了金鳥籠，很甘願也很委屈；我的公公有無數次外遇，她很難過卻假裝不知道。不去面對、不去處理的結果，她的傷心變成了怨恨，投射在我身上。」凱瑟琳分析著自己的婆婆。

「妳先生怎麼說呢？」我問。

「我告訴我老公，你心裡有一部分還沒有長大，這通常是人爲什麼會喜歡孤獨的原因。越孤獨的人，就有越多不成熟的緊張，這些孤獨你必須自己去面對，找出根源，我無法幫忙。我又跟我的兩個孩子說目前的情況，他們也很鼓勵我。最棒的是他們說要我做模範，讓他們看看堅強的媽媽。」凱瑟琳說到自己懂事的小孩，一臉喜悅驕傲。

凱瑟琳隔天就搬出豪宅，在眼淚未乾前找到了租屋。身無分文的她找到以前學校的同事，願意讓她來店裡打工。還好她有學習過專業的一技之長，加上好朋友都盡力幫忙，用行動支持凱瑟琳。於是，凱瑟琳重拾了單身且自給自足的生活。

「所以，妳只是分居……妳還沒有放棄妳的老公？」我詫異的問。我還以爲凱瑟琳已經離婚了。

「問題不在我，也不在他，那是成長中許多尚未解決的心理小癥結，將我們暫時分開。這要靠我們自己各自去解開，我們能爲彼此做的便是安靜等待，或許時間可以幫上忙。沒有什麼事是不能坐下來等等的，不是嗎？況且，自給自足的生活好實在、好自在。我的孩子們現在一下課就往我的小窩跑，大家又笑又鬧的擠在一起吃晚餐，好溫暖……」凱瑟琳優雅的說。

凱瑟琳眞是有智慧的女性！她居然還跟小孩說不要怨恨阿嬷，因爲全世界沒有一個問題是全由一個人造成的。那是她與阿嬷之間的矛盾，小孩還是應該跟阿嬤保持和諧的祖孫關係。

「妳老公就讓妳走了嗎？他會娶那個小三吧？」我腦海中的三流連續劇情節又跑出來了。

「我老公是大人了，他要做什麼，我也許可以在道德上給他建議，但他若不同意，我也不能干涉。不過，經過半年後，他出現在我家小公寓的次數越來越多，不是藉口說要幫忙接送小孩去哪兒，就是故意說今天要來做飯給小孩吃。跟小三的關係似乎變淡了，不問也看得出來。」凱瑟琳微笑的說。

看起來聰明的凱瑟琳用的方法，不僅幫自己先重整了人生秩序，也幫丈夫走出了一個人生中灰暗不明的角落。這故事中沒有你死我活，沒有怨天尤人，我只看見思考的獨立，行動的堅持，更沒有由奢入簡難的難堪。她喜歡她自己，所以她做的所有事都會被祝福。這才是眞正優雅的人生！

「或許我快要搬回夫家了，老公與婆婆長談之後，他們更了解彼此，婆婆終於知道她的悲傷情緒影響著全家人的心情。婆婆更發現我對我老公付出的愛，與她給予我公公的愛並不相同。我們都一起在這段期間成長了喔！」凱瑟琳說完，催促我要去沖水。

好喜歡凱瑟琳的思考方式喔！眞是太讚了！在愛情中能帶著這種理性，就很接近完美……

「幫妳沖完水，我就要趕回家；我老公今天要過來煮晚餐給我們吃。」凱瑟琳動作加快了些。

「哈哈！眞幸福喲！」我眞爲她高興。

我看著一個豪門貴婦放下身段，爲了維護自己的獨立尊嚴，到美容院工作賺生活費；她還很慶幸自己有這方面的一技之長。而朋友也盡力幫忙，尊重她的選擇。這就是人格成熟又獨立的最佳例子。凱瑟琳理性的人格幫她走出打擊；也幫助她老公走出心靈孤獨的角落；更當了自己孩子的好模範。

教育除了讓小孩在學習中無憂成長，還要送給他們這般認識自己的能力，能獨立思考，有堅持的行動力，這才是世界上最大的財富。讓我們先開始學會獨立，就像凱瑟琳，掙脫了「背景」的包袱，活得更加自由自在。

相信你在這樣的故事裡比我更有想法。總之，一起繼續努力！

「超級健忘老婆」選秀冠軍

我記得很多好笑的事，越好笑我就記得越清楚，我的好笑記憶是出於健忘；而且我忘掉的事，常讓嚴謹過日子的老德先生大呼：「怎麼可能！」

如果有「超級健忘老婆」選秀，冠軍非我莫屬。

我記得很多好笑的事，越好笑我就記得越清楚，好像這些事會自動找上我腦中的記憶裝置，然後把這些爆笑故事灌進我腦袋裡的預設記憶卡中。你可能會認爲這樣很好呀，你以爲我是個樂觀的人，凡事正向思考，很能化悲憤爲力量吧？我也常給自己催眠說，我就是這麼樂觀的個性！但不瞞你說，我的好笑記憶是出於健忘；而且我忘掉的事，常讓嚴謹過日子的老德先生大呼：「怎麼可能！」

以下這個故事，讓老德先生很搖頭歎息，而我只記得它的好笑部分：

事情的開頭很簡單，因爲有朋友來訪，我們想帶朋友到法國玩耍。我們家離法國邊境不遠。到那個浪漫的法國大城史特拉斯堡輕鬆逍遙遊，可以一天來回。

我們和來訪的朋友心情愉快的駕著車出發了，預定中午前可以抵達史特拉斯堡，先散散步，再到美麗的河邊享用午餐。哇！光是幻想著，就足以讓人無端的快樂起來。

越接近法國邊境，越是陽光普照。老德先生不知爲何突然向我提起了一宗我犯下的搞笑舊案：過德法邊境時，忘了帶護照而被邊境警察扣留的事。

「喂！這可是還沒有歐盟時代的舊事啦！你居然還記得！」這時開始耍健忘的老婆抗議的說。

「可是那天折騰了很久才讓妳過境。希望別再發生一次……」老德先生邊駕車邊說。

「哈哈！上回忘了帶護照，差點回不了德國哩！我記得我翻遍了包包才找到一張德國銀行提款卡來證明我是我，邊境警察又花很長時間去查證，再核對你資料的配偶姓名，才過關的吧？」我回憶。

「今天妳應該帶護照證件了吧？」老德先生問。

「好問題！我還眞得看看……」我開始緊張了，因爲我似乎眞把老德先生千交代萬交代的事給忘了！

老德先生看我開始在包包裡翻來翻去，眼睛冒出問號的骨碌骨碌轉了幾下。

「需要帶這些證件才能過邊境嗎？歐盟邊境不是開放了嗎？」這時有點心虛的老婆說。

「我有帶我的身分證。」老德先生冷靜的回答我。

「好吧！我承認我忘了帶證件。但不會那麼幸運剛好被邊警攔下來吧？」我邊說邊期望老德先生的擔憂是庸人自擾。但是老德先生出門前提醒一定得帶證件的原因是：歐盟爲防範非法入境者利用開放邊境潛逃他國，所以要居民隨身攜帶有效歐盟身分證，以防臨檢。我這時開始有點害怕了，因爲朋友有帶護照，老德先生有帶身分證，如果邊境攔檢，不是只有我會被抓嗎？

我開始一心期望著不要被攔下、不會被臨檢，不要被攔下、不會被臨檢，不要被攔下、不會被臨檢……接近邊境時，居然有邊境警察在攔車！我又開始用念力禱告，不要攔我們的車，不要攔我們的車，不要攔我們的車，不要攔我們的車，不要攔我們的車……

「請出示證件。」邊境警察攔下我們的車。

哇～！我的念力沒用！這可怎麼辦！

老德先生和朋友都出示了身分證明。

「我太太忘了帶證件，可以用她的保險卡證明她是我太太嗎？」老德先生問邊境警察。

「請把車往旁邊停，請她跟我到辦公室。」會說德文的法國邊境警察立即說。

我被帶到邊境警察辦公室裡，朋友留在車內等，老德先生則跟著來到辦公室。

「不用緊張，只是問一些問題。」邊境警察對我們說。

接著，我的名字、地址和個人資料被輸入警察的專用網絡中。

「我的同事會把您提供的這些資料調查一下，請您先生在這兒等會兒，您來辦一些手續。」一位高大的法國警察將我帶到另一間辦公室，老德先生不能跟。

「我現在要開始問您一些問題，請回答。」這位警察開始在電腦前打字。

他問的問題包括我的個人資料，爲何沒有身分證件，我是否了解未帶證件過邊境爲非法……等一長串問題。我邊答，他邊記錄。我答得很認眞，也沒有情緒起伏，所以訊問很快就結束了。接著，他將我們剛才的問答列印出來，要我看看有沒有出錯？如果沒有，就在上面簽名，我也可以選擇不簽，表示我對整個過程有疑義。

在我讀訊問紀錄時，另一位警察把歐盟德國警政資料中心的報告送進來，證明我提供的資料皆無誤。我選擇在訊問紀錄上簽名，因爲每字每句都記錄正確，所以沒問題。我大筆一揮，順手用了好笑的彈簧簽名法！

警察接過我的簽名竟然笑了起來。

「哈哈！很可愛喲！名字有笑臉！」他笑著說。

「唉～我快笑不出來啦……沒護照就不能過邊境，不能去史特拉

斯堡午餐了……」我假裝傷心的說。

「沒辦法呀！我得照章辦理。還好您的態度良好，也證明不是非法居留，可以免去二十五歐元的罰款。」警察網開一面的說。

什麼！我心裡暗叫。原來還要罰款喔！我本來不知道還要罰款……

「謝謝您！」我回應了警察先生：「我可以告訴您一件事嗎？」

我突然問這位法國邊警。

「請說。」他認真的回答。

「剛剛您在訊問我時，就很想告訴您了，」我不知從哪冒出想跟警察話家常的心情，可能是想反正法國今天也沒辦法去了，乾脆豁出去，放輕鬆聊天了，「您的眼鏡很好看，很適合您的臉型。就是很好看啦！」

「真的嗎？您看出來了！」警察高興極了，還邊說邊推了推眼鏡。

「看出什麼呀？」換我問他。

「是新配的，才一個禮拜，這眼鏡花了我一千歐元喔！」他有點驕傲的說。

「很值得呀！好看比什麼都重要啦！」我笑著說。

老德先生此時在外頭等了很久，居然又聽到老婆與警察有說有笑，一個心急就在辦公室外頭大喊了一句：「喂！登記訊問可要那麼久?!」

「喔～您的先生著急了！您們的感情很美！」新眼鏡警察哥搞笑的說。

「這證明我們不是假結婚呀！」我又開始無厘頭。說完這句話，其他的邊境警察也全都笑了。

「在法國證明完您的身分，您必須到對面的德國邊境辦公室請求他們讓您再入境。您可能會被罰二十五歐元，也或許不會。」新眼鏡警察哥說。

法國邊警陪我們走到對街的德國邊境辦公室。

「您們如果晚個十分鐘過邊境，就不會被攔了。因爲我們都下班了。」德國邊境警察對老德先生說。

「因爲想請朋友到法國玩，但一忙就忘了帶證件出門。」我說。過了不少國家的邊境，我總是很誠實坦白我的狀況。在這種時刻，隱瞞或欺騙根本就沒用。

德國邊警看了法國警察提供的資料，也沒罰款，同意讓我重新入境。

我們給這麼一折騰，遊興大減，更對遠道而來的朋友很不好意思，去不了嚮往的史特拉斯堡。完全怪不了別人，我就是破壞了旅遊計畫的人……就當我們倖倖然走出德國邊警辦公室，準備開車回家時，我看見法國新眼鏡警察哥在對我揮手。

咦？跟我揮手？爲什麼？不是所有手續都完成了嗎？我們要回德

國啦！

咦？還在揮？好像是要我過去？

我們心情忐忑的走回法國邊警辦公室，希望不要再出什麼新狀況呀！

「您們德國那邊已處理完畢，我們的工作也完成了。對吧？」眼鏡警察大哥問我。

這時，我聽見他的同事們在笑。還有一個指著文件上的彈簧簽名，笑著對我說：「妳的名字裡住著一個可愛的小朋友！」

啊～聽到這個「名字裡住著可愛小朋友」的說法，我感到好開心。這些警察的心也很可愛呀！

「因爲所有的事都清楚了，我們就扮一下猴子：不看，不聽，不說。」眼鏡警察大哥笑著對我們說。這……這……這是什麼意思呀？我頭上冒出一個巨型問號。

「非常感謝！」老德先生立即會意並感謝了眼鏡警察大哥的好

意。原來是眼鏡警察大哥讓我們入境法國的意思啦！也就是說在我們待會兒將車駛入法國邊境時，他們會暫時全變成三不猴：不看，不聽，不說！哈哈哈！真是太好笑啦！

那天，我們順利的和朋友在美麗的史特拉斯堡吃了頓可口的午飯，又在浪漫的運河邊散了步，一切都按照原來的旅行計畫進行。

這次的健忘事件圓滿結束，要謝謝老德先生對我的寬容大度，還要謝謝在車裡等了很久的朋友不厭其煩。更謝謝這一群可愛的「三不猴」幫忙。喔，對了，還要謝謝我的彈簧簽名，我猜在簽名裡住著的那位可愛小孩，一定是「三不猴」的好朋友，要不然怎麼可能在嚴格的邊境攔檢中，幸運遇見喜歡我彈簧簽名的人……

最珍愛的就是極品

氣質卡完全不懂我們為何垂涎黑松露？她最愛的大樹枝，就是她的極品。可愛又毫不做作的氣質卡，總是比我們更清楚自己要的是什麼。

老德先生大概受到我的薰陶，也開始有點搞笑了。不相信嗎？接下來告訴你一個老德先生和氣質卡共同創作的好笑故事。

這個夏天的烏爾勞布帶了氣質卡一起去。當然她從沒參加過夏天的，也沒參加過冬天的烏爾勞布。我們去烏爾勞布的時候，氣質卡都去住有很多狗同學的狗狗度假旅舍。然而這次因爲老婆突發奇想要帶氣質卡去跟巴黎鐵塔照相，老德先生也不甘寂寞的提出他要和氣質卡在旅行中完成一項艱鉅的任務。

「你？和……卡妹？哈哈哈！」我聽了大笑。我看看睡得舒服到四隻狗腳朝天的氣質卡，眞的想不出來這隻貪吃又愛撿巨大樹枝的狗可以完成什麼艱鉅的任務？

「氣質卡對自然的花草樹木都很有自己的意見，對吧？」老德先生認眞的問。

「是的。氣質卡會把我沒種活的植物的根，刨出花盆叫我看。」我說。因爲有好幾次要不是氣質卡告訴我植物已經掛了，我還一直對著死掉的盆栽猛澆水。

「這說明氣質卡對植物有高靈敏的嗅覺力；而且她找樹枝的能力也很好，可見她在這方面有長才。」老德先生像個老師的專業分析。

老德先生的說法，我倒挺同意，氣質卡可以很快就在野外找到一根又長又乾燥的大樹枝；她找的樹枝都是壁爐的好引火乾柴，婆婆最喜歡用卡妹撿的樹枝當壁爐的火種。

「好吧，你直接說啦，你有什麼好笑的想法？」我的好奇心被引出來了。

「我們這回要去法國的多多涅河（Dordogne），而且我們會住在佩里果（Périgord）區域。那兒有個小城就是頂級黑松露的產區，或許嗅覺靈敏的氣質卡可以練習找松露……」老德先生自己還沒說完就笑了起來。哈！我知道他會笑的原因，因爲我們去的時間根本不是黑松露的收成期（法國的黑松露是每年十二月到次年三月採收），而且氣質卡又沒聞過松露，更沒受過訓練，哪能找到啥松露呀！老德先生眞是有夠搞笑的啦！

或許你對佩里果黑松露（Black Périgord Truffles）不大認識，簡單介紹一下：

法國的佩里果黑松露是歐洲的三大美食之一（另兩項美食就是魚子醬和鵝肝醬）。黑松露也被稱爲「味覺的鑽石」。

古代歐洲人以爲松露是天上掉到森林中的閃電。黑松露黑黑的長相，眞有點像是被閃電擊中燒焦的模樣，而且長在松露四周的植物都會枯黃死去，完全就像被雷擊到的現場。松露也被賦予了不少「霹靂」的想像，比如說，松露可以壯陽，其味道充滿男性荷爾蒙；就因爲男性荷爾蒙這點，所以只有母豬和母狗，才能聞到長在土壤中的松露。

當然法國和義大利還有其他三十多個松露產區，而佩里果這個地區的黑松露和法國鵝肝醬最爲著名。因爲貫穿此區的多多涅河附近的氣候合宜，農產品皆非常肥美，有不少法國人相信佩里果是法國美食的發源地。這兒著名的美食城 Bergerac 每年會有美食烹飪比賽，來自世界各地的名廚在此雲集並雀躍的大顯身手。佩里果黑松露當然也招徠了各國老饕；總之，佩里果是歐洲的美食天堂。

對了，母豬是最會找松露的動物，但是母豬用鼻子一翻起美味的松露，就會立刻連根吞下肚，這可會讓松露獵人昏倒！這麼珍貴的蕈可不能給豬吃了，那就太可惜！於是松露獵人訓練了聰明的小狗來找松露，狗狗只要找到松露交給獵人，就可以得到乳酪或培根當獎賞；狗狗們很樂意乖乖把找到的松露交出來。

那要如何訓練狗狗找松露呢？況且氣質卡根本就不知道什麼松露就是「黑鑽石」，她只吃過德國香香的全麥「黑麵包」啦！

「我查到一個訓練方法，妳看一下。」原來老德先生已經上網查過了。

拿起老德先生列印的資料，我對著氣質卡開始唸：

「想讓你的小狗學會找松露？一、在出發前至少三個月，每日於狗狗的食物中加進松露油；二、在狗狗的玩具上塗上松露油，藏起來，要狗狗循味去找玩具……喂！拜託喔！上哪去找松露油呀？要是有，也超貴的吧！」精打細算的老婆還沒唸完這份訓練守則就叫了起來。

「別擔心，松露油的資料也找好了。」有備無患的老德先生又遞給我一份清單。

這份清單上明確列出了市售松露油的價格。哇！老德先生即使要搞笑，也是很精準的喔！

看完老德先生列印的松露油相關介紹，我才知道市售的松露油都只是添加人工香料的橄欖油，跟眞正的松露完全沒關係！也就是說松露油的松露香是化學合成調配的產物。使用松露油，就像爲食物加了松露味的香水，讓你烹調的食物聞起來像加了松露而已。大眾化的松露加味橄欖油，價格很平民，沒想像中昂貴。好吧，爲了氣質卡的尋松露之旅，我就先出門去尋一瓶假松露油。

我到平時打油的小油鋪去問有沒有這種香料添加松露油。

老闆神秘的笑笑對我說：「妳可知道這不是眞正的松露油？」

「知道，先拜過孤苟大神才來打油的。」我據實以告。

老闆點點頭道：「雖說不是眞正的松露油，但是拿來做假松露油的橄欖油都必須是好油才行，不然化學香料蒸餾過程中會沒法將香味與油結合。」

啊！原來如此，又上了一課。我喜歡德國油鋪老闆實話實說，這才是我心中的眞專業呀！油鋪老闆從大瓷缸中接了一瓶松露加味橄欖油給我。（德國的打油鋪賣油，歡迎顧客自己帶容器去裝，或是在店裡也出售小打油瓶，一切都很環保喔！）

當天晚上氣質卡的狗碗裡的晚飯，就淋上了松露油。好笑的松露狗訓練正式開始。

連續兩個星期之後，氣質卡一看到我拿油鋪的小油瓶，就知道要放飯了。她會立即跑到她的狗碗邊坐好等著吃飯……呃？雖說這是一種動物行爲的反射動作，倒讓我擔心氣質卡會不會學找這種小油瓶，而根本不會找松露呀？哈哈哈！

質疑歸質疑，一切都會在抵達法國的佩里果黑松露產區後才會有解答。

一千公里外的佩里果地區，有個小鎮叫做Sorges。這裡有個黑松露博物館，當然這兒也是法國頂級黑松露的產地之一。

「先去松露博物館，還是先去找松露？」我很興奮的問老德先生。

出發前老德先生就已準備了「松露地圖」，在這個小鎮的森林中，有十一個盛產松露的重點步道，只要循著松露博物館規畫的路徑，就可以看看松露生長的環境。老德先生說我們沒得選擇，因爲松露博物館午休，趁現在先去當個松露獵人，帶著我們的氣質松露獵犬出發吧！

好笑的事情在第一個松露地點的樹林邊就已經發生：愛撿大樹枝的氣質卡發現了好幾根她很滿意的大樹枝！

「不行！氣質卡！妳要先找到松露才可以撿大樹枝！」我假裝訓斥卡妹。

氣質卡抬眼看看我，頭上冒出樹枝狀的問號。似乎在問：「松露跟我有啥關係？我愛的是松枝！」

「氣質卡，妳聞聞看這棵樹下有沒有？」老德先生假裝發現什麼似的叫卡妹過去。

氣質卡一個箭步往老德先生指的樹下跳過去，一陣猛聞之後，歎了一口長氣……哈哈哈！我們大笑起來，可憐的氣質卡，根本不知道我們在樂什麼？或許她心想：這兩個笨主人！現在又不是松露產季，我就算鼻子再厲害也找不到松露呀！

不是松露產季的松露小徑走起來很舒服。有綠油油的一大片青草地，有數以百計的橡樹園，有路旁原始的草樹植披，更有因爲接觸不到日曬的古石青苔，那些枝繁葉茂的大西洋梨樹下，都放了大鐵盆直接盛從樹上掉下來的熟透的青色梨子……我們還經過了不同松露獵人家族用大鐵門圈圍出來的天然松露盛產區。這兒是不准外人進入的，我們在門外想像著鐵門內高大古老橡樹下，將會長出多少美味的黑松露鑽石？

氣質卡一路上都很興奮，因爲這兒的大樹枝又大又有果香，她高興的撿了一支，又發現更愛另一支，她完全不懂我們爲什麼要對那些還沒長出土的黑鑽石垂涎？大樹枝不好嗎？又能當裝飾又可當柴燒，更不用花錢買，有啥比大樹枝更好呢？氣質卡始終如一的愛著她有能力愛的東西，沒有我們這種不中用的無聊貪念。

「我們快把松露小徑走到盡頭了！」我高興的叫起來。

剛從起點出發時，我看地圖覺得走一趟可能會很累，本來還想打消這美麗的健行計畫，而一路上風景宜人又舒服，就算找不到松露也很值得哩！眞感謝老德先生行前安排的這趟松露健行之旅。

「氣質卡，妳眞的枉費吃了兩個禮拜的松露油呀！」我對趴在第十一個景點終點牌前，伸著舌頭「呵、呵、呵」喘氣的氣質卡說。當然在她面前還有一支她剛撿的橡樹大樹枝。

因爲還不是松露產季，松露博物館沒有太多遊客，氣質卡被松露博物館的售票小姐特准進館參觀。她躺在博物館紀念品商店裡涼涼的大理石地板上打盹，剛好卡妹身後的陳列架上正出售著許多昂貴的黑松露。哈哈！氣質卡眞的找到松露啦！

我們當然買了一些松露回家嚐鮮，還有眞正松露提煉的松露油。這次，只給我們自己享用。回家把眞正的松露油和化學加味松露油做了比較。結果是：如果我是氣質卡，只吃過加味松露油，肯定永遠找不到松露。還是自然的最好！氣質卡的極品松露小徑大樹枝也帶回家了。

氣質卡最愛的大樹枝，就是她的極品。可愛又毫不做作的氣質卡，總是比我們更清楚自己要的是什麼。

賄賂牌三明治

若不到德國真正生活一段時間，是不會了解這兒的守法風氣。這是一個警察連接受三明治，都得考量是否有賄賂嫌疑的執法如山的國家。

德國人總給人很嚴謹的印象。於是，有不少人問我，德國的警察很嚴格嗎？他們會接受賄賂嗎？

這種問題眞難回答！哪兒都有不守紀律的人；警察也是人，所以我不能以偏概全的說德國警察全都剛正不阿，就我個人來說，至少我遇見過的警察都很尊重自己的職業，也很能判斷自己的職守分際。

第一個例子是我以前的一位鄰居。太太是家庭主婦，老公是德國邊境警察。所有警察訓練中就屬這種警察最富敏銳個性。因爲他們要判讀想跨過邊界的外國人的心思，也要判斷該如何防止這些非法入境的人擾亂德國境內的治安。照他的工作性質來說，他在自己的生活中應該不會受到什麼不守法者的打擾吧？就算他遇到這種問題，也可以找出有力人士來幫他解決吧？當然，不少人都跟我一樣有這種荒謬的思考，但事實上卻不是這樣的。例如有一次，有位鄰居常半夜聽音樂，音量吵到左鄰右舍，鄰居警察先生還是打電話請這個區域的警察來取締，而前來的警察也是一視同仁，不會因爲這個住戶是警察同事就特別處理。

「我以爲你打電話給警察，會比我們打更有用。」我搞笑的問他。

「我不執勤的時候就是一般居民呀，況且這兒的警察與我上班的單位分屬不同的聯邦州，一些秩序維持上的法律規範會有差異，所以還是要以這兒的同事爲主。」

我這才明白他很尊重他的同事，把工作上的權責劃分得很清楚。這位警察也會熱心的告訴所有鄰居，如果自己的居住環境發生不合理的情況，一定要聯合起來對抗，千萬不能認爲事不關己，如此治安才不會變壞。他還會幫忙鄰居們寫一些連署抗議信，抗議整條街上那些不守環境秩序的鄰居或店家，向市政府的秩序局陳情。

我喜歡這位警察鄰居的態度，他認爲濫用職權是不尊重自己也不尊重他人的事；只有眾人團結一致，才是伸張正義最好的方式。我也喜歡聽他講述如何在國際機場訓練便衣警察的故事，他就是穿便衣喬裝旅客測試執勤警察的教練；哇！眞像電影的場景呀！

而我最愛聽的是鄰居警察先生的太太的心情故事：只要警察先生要出很危險的任務時，她都徹夜無法入眠。多年來她找到一個安定心神的方法，那便是在等待她先生返家前，開始熬煮鮮果醬。因爲這些新鮮的果醬都是她先生最愛吃的口味，所以等他完成任務後，一進家門就可以享受到老婆的愛心。雖然這種甜中帶苦的心情不足爲外人道，但這深情的果醬可眞是人間至美愛情的表現。

或許因爲大多數的德國警察都盡忠職守，連帶的一般百姓就對警察所代表的公權力很尊重，只要是勞動警察前來關心的事，大家都盡量理性配合。當然警察的態度也很嚴謹，這是一個重要的關鍵。我最喜歡看德國的女警察，她們值勤時總是將自己打扮得美美的，有時看到一頭金髮又荷槍實彈的美女警察，頭頂就會冒出兩個字：好酷！

好了，言歸正傳，德國警察會不會接受一般百姓的賄賂？我依然沒法給你確定的答案，不妨說個我知道的故事給你聽：

我的一位德國朋友最近在翻修老房子。他的房子正好就在一間警察局隔壁，一切都很小心行事。包括施工時間、工地整潔，都執行得比一般工地更仔細些。不過，警察局還是派人來關心，是爲了工人在工地停車的事。警察局主管認爲有施工車停放在警察局前是完全不被容許的事，即使停車的地點並非警車出入口，甚至只是警察局的一塊不會使用到的小空地，朋友都被警察局要求必須印好告示，貼在警察局的空地牆邊，告知工人的車不可停在此處。

或許你會想，可能是朋友和警察局沒做好公關，對吧？但是警察局就是不准有人在警局的所屬範圍內停車，這樣警察局的整體威嚴就沒了，好的環境形象也是警察自己必須先以身作則的事。

「妳相信我家隔壁的警察有多嚴格嗎？」朋友搞笑的問我。

「你不會又冒犯了他們的範圍吧？」我好奇的問。

「因爲我家整修快完工，今天我訂了很棒的三明治和午餐盒餐感謝所有參與的工作人員。我想應該也向這段期間以來，得在上班時間忍受我們家維修噪音的警察局鄰居表答感謝之意，就送了新鮮的三明治請大家吃。」朋友說完，苦笑的搖搖頭。

「怎麼？他們嫌不好吃？不合口味？」我問。

「不是。而是所有三明治又原封不動的退回來了……」朋友說。

「咦？有說退回三明治的原因嗎？」我真好奇這德國警察局是否太冷漠啦？朋友想敦親睦鄰一下也不行嗎？

「跟三明治的口味無關。他們說不能接受這些贈與的三明治，因為這可能涉及賄賂。」朋友無奈的聳聳肩。

「哈哈哈！這也太嚴格啦！吃個三明治也那麼嚴重？」我大笑起來。這些警察會不會想太多呀？

「是呀！我也從不知道這樣就叫賄賂哩！」朋友也大笑了。但是我相信我這位德國朋友，對警察的嚴謹，一定留下了正面肯定的形象吧？還好朋友的房子已經快樂翻修完畢，雖然有個剛正不阿、不接受完工三明治的鄰居，那也不壞，至少啥事都公事公辦，一切透明、事事守法。

德國學校教育也教給小孩這些基本的法治觀念：

・遇見犯罪行爲卻不制止，就是共犯。

・勇於做個目擊證人，這是道德和勇敢的表現。

我曾遇見街上喝醉的人對路人大聲小叫，又無理到疑似暴力威脅時，警察接到報案前來處理，路上的年輕學生都自告奮勇當證人，向警察陳述他們所目擊的事件經過，警察也很認眞記錄這些學生的話。從這兒就可以見到學校教育與整個社會治安的呼應效果，這是德國教育系統讓我佩服的地方。

常有外國人說，若不到德國眞正生活一段時間，是不會了解這兒的守法風氣。更有人在德國生活後，才體會到不少執法者的嚴格態度。

或許你的朋友還沒讀過這篇文章，你就可以講這個〈賄賂牌三明治〉的故事給他聽。

你吃過這種賄賂牌三明治嗎？你送過這種敦親睦鄰牌三明治嗎？

這就是德國，一個警察連接受三明治，都得考量是否有賄賂嫌疑的執法如山的國家。

派對禮貌大不同

懂得感謝的心，是少有怨懟的心。感謝辛苦的邀宴主人，是讓我感到快樂的事；我可能不管身在何方，都會堅持這麼做。

哈哈！這篇文章的名字應該讓你很好奇吧？等你看完這個故事再回頭看看這句話，應該馬上會跟我一樣會心一笑喔。

婆婆說她最近被一件事深深困擾著。這件事說輕不輕，說重嘛，我根本感覺不到嚴重性呀！

「還說不嚴重！」婆婆一聽就開始教訓媳婦。

「唉！只是家族開派對，有一位阿姨擅自提前離席，沒跟主辦的那位阿姨正式告辭，這樣兩人就可以結下樑子，賭氣個沒完沒了？」我說完都快被無聊到打哈欠。

「離開一個派對竟然沒跟主人說再見，這可是天下最沒禮貌的事啦！妳千萬不能這樣呀！」婆婆看媳婦沒把這個德國人不喜歡的社交禮儀當回事，開始有點小擔心。

「我說那位不小心沒守禮儀的阿姨，肯定沒惡意；那天我也去了那個派對，主辦的阿姨忙到暈頭轉向，要離開的阿姨可能一時找不到主人又趕時間，所以才忽略了。」我還想當和事佬。

這禮貌事件一直持續了一年之久，還好兩方都盡量解釋了自己的想法，才讓這件事和平落幕。

注意到了嗎？這個婆婆家族派對的故事告訴我們，在德國是很注重客人和主人告辭的禮貌，即使親密如家人也一樣在乎。因爲誠心邀請你爲座上賓的主人，總希望對每一位客人的招待都有始有終；而客人更可以在告辭時，向主人寒暄幾句感謝的話。這樣才顯出你和主人的友誼，更表示你體諒主人爲了招待你所付出的心意。也就是說，德國人的社交禮儀很嚴謹，最好能面面俱到。如果客人不正式向主人告辭，那麼有可能表示主人沒將派對辦得很完美，於是客人負氣離開？而主人則會認爲客人是否沒把主人放在眼裡？

這麼說來，學會如何與派對聚會主人告辭的技巧，是德國社交禮儀的重要功課。但這功課是全歐洲適用嗎？非也，非也！法國人就不大堅持客人一定得向主人告辭這個動作。

「眞的可以 take French leave（英文【不告而別】之意）嗎？」我在一個結婚宴上問與我同桌的法國女生。

「妳是說如果主人很忙，你也去拉著主人告辭一番嗎？」法國女生驚訝的回問。

「所以就算客人不告而別，也無傷大雅？」我笑著問。

「如果主人都快忙翻了，就沒必要去告辭，直接離開就是啦！又不是以後就不再見？這樣不是更體諒主人的辛苦？」法國女生說她不懂爲何德國人那麼在乎這樣的事？

你一定感到奇怪吧？怎麼同是在歐洲，這兩個國家的人對社交禮儀的認知差那麼多？所以沒告辭的阿姨如果是在法國，可能還會被感激，而不是被怪罪哩！

那麼，法國人是用什麼字眼形容不告而別的人呢？說起來也眞好玩，法國人形容這個突然離開某場合的舉動爲「英國式離去（take English leave）」。原來在十七世紀時，法國人和英國人開始有密切的商務往來，英國人常常會不與法國朋友道別，便返回英國，這讓法國人感到有點怪異。這舉動讓法國人不了解英國人到底是冷漠或熱情？於是這說法就這麼一直傳了下來。

但英國人卻說法國人才是不告而別的高手！兩方你來我往的指

Sarah

責對方的離去方式之後，就有了現在所謂的「take French leave」和「take English leave」兩種不告而別的說法。

「不管是法式或英式，不跟主人告辭，就是沒禮貌！」婆婆說，她超級堅持自己的想法。

「沒錯，沒錯。那位婚宴上遇到的法國女生，她老公是德國人，所以他說在德國絕對遵守告辭的禮貌，在法國就看情況了。」我想起女生的老公有這麼回應。

婆婆聽我這麼說，才放心媳婦不會亂來、不守社交禮貌。可是依照我的個性，絕對會向主人感謝一番才回家，因爲這麼做一定會讓做主人的很安心又高興吧？

這種感謝主人的概念也延伸到平常的日常生活裡，比如我過生日，請公婆、老德先生去吃飯，他們用完餐會優雅的說謝謝；反之亦然，如果老德先生請我吃飯，我也會眞心跟他說謝謝。可能是大環境的關係，這種感謝說起來很自然，也很誠懇。我非常喜歡這種社交禮貌的生活教育。懂得感謝的心，是少有怨懟的心。

讀完這篇文章，你一定會問，到底是誰沒禮貌呀？是法國人的做法好，還是英國人的行爲讚呢？德國人對告辭的社交禮儀有時還眞到了斤斤計較的地步，卻懂得明哲保身，沒去淌這場「take XXX leave」的混水……所以你會不會跟我一樣想問：到底是誰沒禮貌呀?!

總之，離開派對之前，先去感謝辛苦的邀宴主人，是讓我感到快樂的事；我可能不管身在何方，都會堅持這麼做。

萬年3D洞穴畫

法國拉斯科洞窟壁畫號稱是歐洲繪畫史上最讓人驚歎的後石器時代洞穴畫，被發現之前，它們靜靜的被深埋地底，悄悄度過了一萬七千多年的時光。

隨著亞洲經濟起飛和生活環境的改善，大家現在都很著重充實心靈；身旁不少朋友都收藏起自己喜歡的藝術作品。有些朋友成了一擲千金的藝術品收藏家；有些更厲害的，改行做起了藝術品的經紀人。

而歐洲的藝術品收藏熱潮開始得早，多數富豪級的收藏作品都已被後代捐贈給博物館。現在多數好作品都出借在亞洲進行巡迴展，讓這些資深又美好的藝術創作能找到更多未曾謀面的觀眾。

如果你問我喜歡怎樣的藝術創作？我想我會說那些沒法掛在家裡的藝術作品都不錯。你可別誤會我不喜歡畫作喔，只是有些繪畫創作，永遠不能在博物館展出，比如：達文西的濕壁畫〈最後的晚餐〉，它是達文西直接畫在牆上的作品，要欣賞也只能直奔義大利的米蘭。

另一個我很想看的壁畫，便是位於法國西南部的蒙第涅格小鎮（the village of Montignac）近郊的拉斯科（Lascaux）洞窟壁畫。這群號稱歐洲繪畫史上最讓人驚歎的後石器時代洞穴畫，是七十幾年前才被發現的，在此之前，這些巨大的洞穴畫只是靜靜的被深埋在地底，悄悄度過了一萬七千多年的時光。洞穴畫被發現的經過很可愛：

一九四〇年九月，四個少年到拉斯科野外樹林中散步。喔，我忘了說，這四個少年還帶了一隻小狗「蘿蔔」（Robot）。當他們走上幽暗的樹林小徑時，小狗蘿蔔突然發現了一隻野兔，牠開始瘋狂追逐身手矯健的兔子。（這可眞有趣，通常都是兔子追蘿蔔吧？哈哈！）四個少年怕小狗蘿蔔走失，也跟在後頭追小狗。小狗蘿蔔很高興找到野兔的洞穴，牠完全不顧後果的跟著野兔跳進了深凹的山岩洞穴……哇！沒想到野兔可以鑽入的洞口太小，小狗蘿蔔鑽到一半便被卡在洞口動彈不得！四個少年聽到小狗蘿蔔的嚎叫聲就用吊繩下降到洞口，準備營救小狗。就在這時，他們把洞口刨開，發現了這群藏有兩千多幅後石器時代壁畫的洞窟聚落！少年們彼此發誓絕不洩漏這個地方，但不到幾天，全村都知道了，沒有多久，法國文化部便把拉斯科洞窟列入國家級重點古蹟……

爲了不讓過多遊客的車所排放的廢氣，污染了拉斯科洞窟附近的空氣，入洞參觀的售票口是在蒙第涅格小鎮市中心。遊客要先在這兒買好票，再出發去郊外的拉斯科洞窟參觀。

老德先生停好車去買票回來。

「哇！既然是小狗發現的洞穴，應該可以帶氣質卡進去吧？」我興奮的問老德先生。要不然和我們一起烏爾勞布的氣質卡就得在車子裡等我們。

「我剛問了售票處的人，狗如果可以腳不著地的抱四十分鐘，就可以帶狗進入洞窟參觀。」老德先生說。我們回頭看看後座二十六公斤的氣質卡……好吧，卡妹，勞煩妳在車子裡睡個好覺，我們馬上回來。

進洞窟參觀是限時限人數的，也有各種語言的特別導覽。洞口狹窄，不得不分批進去。但是這個拉斯科洞窟卻是仿照眞的拉斯科洞窟所建的，因爲眞的洞窟已被細菌侵犯，壁畫上長出了菌斑！所有的壁畫在慢慢變淡且消失中……爲了不讓眞的洞穴畫遭到更多壁癌問題，「拉斯科洞窟二」就用一比一的比例，在眞洞窟旁造了一模一樣的第

Sarah

二洞給遊客參觀。不過，最近聯合國文教組織已經發給眞的拉斯科洞窟「瀕危世界文化遺產」通知書，好擔心拉斯科洞窟壁畫眞的快不保了呀！

「這個拉斯科洞二窟跟眞的洞窟毫無二致，所以大家等一下看到的洞窟和在一九四〇年被四個少年發現時完全一樣。法國文化部請了藝術家將所有洞穴畫描摩下來，僅是這個描摩行動就進行了三年之久。」這位館方導覽是剛從大學英語系畢業的法國男生，跟大家介紹著洞窟被發現的故事。

「請各位看這道入口大門上的照片，這就是發現洞窟的其中兩位小男生在洞口的樣子。」男導覽說。

「不是有四個小男生嗎？」有人問。

「沒錯，但拍照當天，有兩位年紀較大的已經開始上寄宿學校了；剩下兩位年紀小的還在家。」男導覽回答。

我當然也忍不住問了一個問題：「請問那隻小狗蘿蔔呢？牠也上

寄宿學校了嗎？」

可能是我的問法太怪異，把所有人惹得大笑。

「說來奇怪，那天小狗蘿蔔也在拍照現場，但大家就是遍尋不著有牠的照片；所以我們懷疑當天拍照的正是小狗蘿蔔！」導覽的回答也眞是一絕啦！哈哈哈！

「嘩～！」這時洞窟二的門一打開，大家就驚歎了……

那些用石頭磨出粉上色的巨大壁畫眞是太壯觀啦！簡直讓我頭暈目眩了！那隻牛大概有好幾層樓高，寬度大概可以排二十個直立人形的長度。還有各種奔跑的豬、馬、鹿，甚至還有看起來像漢代的黑墨毛筆畫的馬！每一隻動物的神情描繪都太生動了，讓我不禁全身起雞皮疙瘩呀！

我現在才明白爲何畢卡索會在參觀拉斯科洞窟之後，說：「We have invented nothing!」眞的！一點都不錯！洞窟的繪圖者，在一萬七千年前就有了剖立面的3D動畫概念，我們這些所謂的現代人眞的沒在這點上有什麼創新嘛！洞窟中每隻動物並非死板板的畫在平面的岩壁，而是作畫者先觀察壁面的凹凸，再利用凸出的壁面畫動物的肚子或結實的肌肉，用凸起的長條壁面畫動物的脖子，如此一來就勾勒出每隻動物活靈活現的體態，眞佩服這些洞窟畫家的觀察力！

「請看你們的左手邊。」導覽員指引正看得眼花撩亂的參觀者說。

「看到那三匹『中國馬』了嗎？這就是拉斯科洞窟至今未解之謎。這中國馬的造型只在中國漢代的雕塑和繪畫中看過，更令人訝異的是，這個區域從未畜養過這種馬。」導覽員進一步解釋。

咦？難道後石器時代就有像現代所謂的「駐市藝術家」邀請活動？喔，不對，當時若眞的有這種活動，也應該稱爲「駐洞藝術家」啦！看看這「中國馬」的造型，筆觸、構圖、顏色，完完全全是中國風，眞是歎爲觀止呀！

緊跟在「中國馬」後頭的是一頭白牛，這頭牛完全是3D的啦！

繪圖者在一塊塊乳突狀的石塊上畫了大白牛，那些石頭看起來眞的很像白牛的肌肉哩！

我們跟著導覽員沿著狹窄的洞穴往前走，越看這些栩栩如生的舊石器時代晚期的壁畫，越來越震撼！等我們在洞底的最低窪處時，聽見走在前面的導覽員對大家說：

「請大家停一下腳步，並回頭看。」

「嘩～！」大家同時發出更大的讚歎聲。

「完全不遜於羅馬的西斯汀教堂吧？」導覽員問大家。

一點都不假！超過千隻馬牛羊鹿的洞窟壁畫，夾著3D般的視覺效果，好似這些狂奔的動物立即就要向你直衝而來一樣！但我們跟這些動物之間又隔著一萬七千年的悠悠時光，牠們的奔騰在眼下的空間裡，只是看似嘈雜的萬般寂靜……

「請來幫忙！」參觀隊伍的最後方有人叫了起來。

因洞穴太窄，導覽員立即通知下一團的另一位導覽從入口跟上，這樣就可以看到我們前面這一隊最後面的參觀者發生了什麼事？原來一位參觀者不知是因爲無法適應這整個洞穴畫帶來的視覺震撼，還是被洞窟裡的溫差和濕冷的空氣影響，他竟然就這麼昏過去啦！（有不少遊客初訪西斯汀教堂時，也有相同的反應。）

「我對這個拉斯科洞窟完全服氣了！」出了洞窟的老婆說。

「可惜不是眞的，是洞窟二。」嚴謹的老德先生說。

「還好先造了一個新洞窟，要不然原始的那個會壞得更快。」我說。其實只看洞窟二就那麼震撼，看原始版的，我也可能會像剛才那位遊客一樣昏倒吧！

最後，還有個和洞窟有關的溫暖故事，那便是這四個發現洞窟的少年，約好每年的九月十二日，一定要回到拉斯科洞窟聚會，紀念一九四〇年他們因爲追小狗蘿蔔，小狗又追野兔而發現的美麗洞窟。如今少年們都已是八十多歲的老人，但若沒有他們當初的好奇心，我們便無緣看見這西洋美術史上最初的第一幅繪畫作品；而拉斯科洞窟也會繼續沉睡另一個一萬七千年……

拉斯科洞窟的官方網站，可以看到洞穴的電腦模擬壁畫，洞窟內部很像線上遊戲的超魔幻故事背景（華娟推薦必看！）：

http://www.lascaux.culture.fr/index.php#/fr/02_00.xml

（華娟註：按移動圖案上的小白格，可以欣賞洞窟壁畫的3D橫面局部圖，當跳出第四個小白格時請點閱，就可近距離看見「中國馬」和緊跟在後的那頭擁有3D肌肉的大白牛！）

古金幣之夢

找到古金幣也許是每個愛幻想的人喜歡做的大夢；而我們越體會人生，越明白心的單純和健康的生活態度，才是萬古真金也不換的好物。

如果你看過我的《五月花修道院》（圓神出版），便知道德國對於翻修房屋的嚴格法律限制。若是你剛好在翻修一棟古屋，更多的保護古蹟法條會讓你苦不堪言！

但這就是爲何歐洲看起來很古意盎然的原因。自從親自經歷過這些嚴格的法令限制後，我反而對這些有心保護古蹟的法條很感謝，因爲現在我會從更深層的角度來欣賞歐洲古房子的美。這絕對需要很專業又有著大決心的執法者和政府，才能達到這樣的好成績。

不過，我的朋友阿華桑可被這些保護古蹟的法令給氣到兩眼發直呀！

「怎麼又垂頭喪氣的呀？」我問阿華桑。這位阿華桑是成功的生意人，最近對大型的古房子感興趣，大手筆的翻修古屋。我對從一開始興致勃勃到現在唉聲歎氣的阿華桑寄予無限同情，只要深陷過一次翻修古屋的折磨，就能體會其中的甘苦。

「爲了一根梁，我得全部重改設計！」阿華桑的臉色凝重。

「哇！你隨便動到古蹟結構，被逮啦？」我故意戳到可憐阿華桑的痛處。

「唉～！一根藏在屋頂的老梁柱，誰都看不到呀！居然古蹟保護處就堅持說不能拆，我得把原梁重新裝回去，再重新設計其他的部分。」阿華桑的聲音眞的快哽咽。

「你沒試著申訴？」我問。雖然我知道這種古蹟保護的事，越申訴越糟糕，因爲相關單位可能會派更多專家來勘察，結果就是更嚴格，呵呵！

「有呀！我說那根梁雖是古蹟，但藏在那麼高的屋頂誰看得見？沒想到古蹟保護單位竟回覆說，他們用空拍就看到了，這樣就會破壞古蹟景觀。」阿華桑邊講邊搖頭。

哇！我都忘了德國人保護古蹟是從裡到外、從上從下一起監看，不是說你表面維持好就算保護了。我可不敢問阿華桑這樣會損失多少錢，因爲光是用起重機把老結構重放回原處就是天價了，更遑論還要重新設計。

你可能會說沒關係啦，繼續給它做下去，到時再找議員來關說一下就好。可是德國的議員可能會勸你趕快打消這種想法，避免在還可以補救、恢復古蹟原貌時，繼續挑戰保護單位堅持到底的決心。可憐的阿華桑在試過許多方法無效後，還是只能乖乖把老梁放回去。

還有一天，我跟氣質卡去散步的時候，遇上另一個古蹟在大重建翻修。我搞笑的對著正在跟氣質卡玩的工地工人說：「小心別挖到古金幣呀！」這話當然引起工人們的一陣哄堂大笑。

「有挖到的話，絕對會留一袋給妳，我們再裝上卡車後逃去馬約卡島（德國人最愛的西班牙度假小島）！」工頭開玩笑的說。

想不到沒多久之後，我再度經過那處古蹟工地，工人對我招手說：「挖到了！眞的挖到金幣啦！」我搖搖頭以為他們在開玩笑。

「那我的那袋呢？」我回問。

「是眞的挖到啦！」工頭看見我跑來跟我說：「挖到古羅馬十五世紀的金幣，另外還有羅馬人裝酒的瓦甕！」工頭以為我不信，邊說邊比手畫腳。

「那東西呢？快繼續挖呀！」我興奮的說。我跟他們一起跑到工地挖到金幣的地方。

「我們根本不能碰那些挖到的東西，屋主即刻通知市政府，馬上來了一隊人馬，拉上封條。我們先做別的工程，這部分要等這些專家挖完了才能繼續。」工頭指著那塊挖到羅馬金幣的大空地說。

果眞空地上被圈起了黃色的警戒封條，有一些人在用儀器探勘，一旁還有考古小組在用小刷子刷一些碎片，更有考古專家雇用的工程公司運來的專業淘沙儀器，據說這種機器可以避免出土的骨董碎片受到傷害。

「眞的挖到金幣啦！」晚上老婆跟老德先生描述工地挖到金幣的事。

「那他們得告知市政府挖到古物。」老德先生說。

「沒錯，屋主超守法的，但工地就得被迫停工，好讓考古學家來挖。」我替屋主的停工損失感到惋惜。

「妳認爲羅馬人在那兒丟了幾個金幣就走了嗎？當然一定還有更多沒被發現的東西。」老德先生說。

「既然考古隊都來了，那肯定就是這樣。這個屋主得等到他們都考證完畢才能再開工。這一停工可就所費不貲囉。」我說。

在德國就是這樣，如果在你家的土地上發現了古蹟物，除了通報相關單位，屋主還得等到古蹟全都探測挖完後，才能復工喔！果不其然，考古隊整整進駐到古蹟工地有三個月之久，我每天經過都去看看他們又挖出了什麼呀？讓人驚訝的是，他們除了挖出很多羅馬人的酒甕之外，還挖到一個羅馬時代的舊城市街道。街道上有不同的住家，還有羅馬軍隊紮營的遺跡，以及有錢人家的小孩的棺材！哇！這些東西原來都深埋在我們每天走來走去的地底下，這眞是太讓我興奮啦！於是，我每天就和氣質卡到那兒去看看他們又挖到什麼骨董？當我看到他們一鏟一鏟挖出古城牆和城市街道的輪廓時，只能用震撼來形容！

每天都有人用電子儀器測量所有現場的東西後拍照存檔，還有手繪製圖師用筆畫出這個古羅馬人城市的圖樣，以及考古科系的學生們也跑來學習，工地幾乎變成熱門考古學園了！屋主也簡直被這停工搞得欲哭無淚啦……

「經過這幾個月，我真的有在想那條古羅馬街的延伸位置，很有可能也經過我們家……」我又開始胡思亂想了。

「妳是做羅馬金幣夢吧？」個性超務實的老德先生很怕老婆又有怪點子。

「那當然呀！我相信我們這個古房子的底下也有個幾百年的城市！」我敲敲桌子說。

「可是當初在維修時什麼也沒找到；就算有找到，也得通報市政府……」老德先生說。

「那是我們當時沒挖得那麼深呀；現在我猜有金幣的那條路就是通過我們的廚房！」我的話讓老德先生大笑。

「那叫氣質卡開始搜尋金幣吧！看她除了『大樹枝雷達』（華娟註：氣質卡愛撿超大的樹枝，我們認爲她腦袋裡裝有一個極品大樹枝的樹枝雷達探測器），有沒有『古金幣雷達』？」老德先生笑著說。

這時聽得懂「廚房」兩個字的氣質卡突然衝去廚房，她以爲我們叫她去廚房吃飯了。

氣質卡一進廚房就對著灶上正燉著的雞湯左聞右聞。哈哈哈！氣質卡比我實際多啦，眼前就有的好喝雞湯才最要緊；她可沒興趣去找那個又硬又不能吃的古金幣。

或許，找到古金幣是每個愛幻想的人喜歡做的大夢；而我們越體會人生，越明白心的單純和健康的生活態度，才是萬古眞金也不換的好物。

老饕吃牛，自然才是王道！

我很佩服這些對肉的品質有超高要求標準的朋友，他們除了尊重自己定義的美味，還直接鼓勵有機農場的運作，更讓這些動物可以得到人類的合理對待……

眞正愛美食又愛烹飪的老饕，到最後都會無法自拔的想直接買一頭牛來吃。

這在歐洲是很普遍的事，我的朋友最近就跟我說他們合買的牛已經宰殺了。爲什麼這些德國人要合買一頭牛吃，卻不到肉店買牛肉呢？現在跟你解釋：

因爲肉食品在大量養殖屠宰業的運作過程上，讓不少德國消費者非常反感。這些消費者認爲，爲了快速取得動物的肉和奶，在動物身上施打荷爾蒙，又餵這些牲畜化學合成飼料，在動物短促的一生中，更連自然的草地都沒踩過！於是，老饕們問：這些牲畜的肉會好吃嗎？他們認爲這樣讓動物受苦後，再讓牲畜們在驚恐的電宰場中死去，這樣的肉還會味美嗎？還有，喜歡吃動物內臟的老饕們，只要一想到那些動物內臟有那麼多殘留的農藥和合成飼料，他們就更提不起勁啦！

於是，德國有很多農家直接販賣他們的牲畜給這些講究的民眾。這些農場大多是有機農場，他們必須經過非常嚴格的德國有機農業認證機制，以證明他們的牲口絕對是照著有機標準放養，牛羊雞鴨的生活環境都不用殺蟲劑，吃的是自然有機飼料，動物的活動空間也符合

Bio-Bauernhof
Sarah

德國法令標準，並以傳統方式屠宰，之後由消費者直接買回家。

「是非常新鮮的肉！」朋友跟我說。

「所以每年都固定會買？」我認爲這是一個很好的團購方式。

「我們有去參觀那家有機牧場，看到農夫善待牛隻的畜養方法，覺得眞是太棒了！我第一次看到獸欄中是泥土而非水泥地，農場主人說，因爲牛喜歡站在軟的地面，這樣牠的腿部肌肉就不會因爲堅硬的地面而跟著變硬。」朋友說。

「哇！原來還有這種差別，好有趣喔！那肉質眞的有差嗎？」我很好奇到底與肉店賣的肉有多大的差別？

「我們試驗過煮同樣一道菜，一鍋用電宰的牛肉，另一鍋用有機農場的牛肉，味道眞的天差地別啦！有機牛的那鍋就是很濃郁的香味，電宰牛就沒有提味的感動……」老饕朋友果然講究。

我很佩服這些對肉的品質有超高要求標準的朋友，他們除了尊重自己定義的美味，還直接鼓勵有機農場的運作，更讓這些動物可以得到人類的合理對待。一頭有機牛在屠宰後，會被分裝在冷凍袋中，每個部位都分裝好。合購有機牛的朋友就可以事先登記要牛的那些部位，大家會各取所需的把牛肉分配好。有機農場也會把牛大骨、牛肝、牛腎等部位，平均分給合購的買主們，這些就是大家一起平均分攤的部分。

但是，一頭牛有很多大骨頭，這時，友人選擇用牛骨熬高湯。不過實在太多了，熬了好幾天都熬不完，有人乾脆就把這些牛骨當有機垃圾給扔了，這些都可以變成很好的有機肥料。現在朋友們都一致認爲這些好吃的有機大牛骨，應該屬於氣質卡！還有些德國朋友不吃牛腎，因爲腎是濾毒的內臟，所以有些人有心理障礙；這些牛腎自然也被當成送給氣質卡的禮物。每回只要買到一頭有機牛，朋友們分完之後，氣質卡就得到整頭牛的骨頭當零食，哈哈哈！這可讓氣質卡口水直流啊！

狗不能直接吃骨頭，因爲狗不喜歡把東西咬太碎，吃到好吃的就會用呑的，這可能會造成骨頭塞在食道，或尖的部位刺破狗的腸道。那麼，這整頭牛的骨頭該怎麼讓氣質卡享用呢？德國人會給狗吃烤得脆脆的牛骨，一咬就碎，就像烤焦的餅乾，在寵物店可以買到。不過狗主要如何烤大牛骨呢？以下方法提供有需要的人參考：

一、烤箱先預熱到二二〇度（有風扇型的功能更好）。

二、烤盤要用深一點的，因為會烤出很多關節中的牛油。

三、牛骨放入後，烤五小時。

四、牛骨烤到全脆時，取出。

五、牛骨涼透後，用鐵鎚將脆牛骨砸碎。

六、分裝成袋，放入冰箱存放。

氣質卡完全無法抵抗大牛骨的香味！從我開始拿出牛骨準備烤、放進烤箱後，她一直守著，甚至在烤箱旁等到睡著……就連烤好砸碎牛骨時，她仍舊寸步不離……

「其實我們從前吃肉，也大多是這樣呀！」婆婆聽我講完朋友團購有機牛的事後這麼說，「我爸爸會去獵野豬、野鹿、雉雞回家，我們就得幫忙剝皮，把骨頭給獵狗當零食……好像沒有烤過哩……」

「沒有烤喔？那獵狗不會被噎到嗎？」我很驚訝。

「獵狗喜歡吃生的東西。以前的人養狗沒像現在那麼講究，而且獵狗很野，我們也不能跟牠們玩，倒也沒聽說過有噎到……」婆婆說。

「有機牛應該很不錯，只要有吃自然食物、有在野外活動的牲畜都比較健壯，肉質也眞的較好吃。喔，對了，我馬上就要跟獵人訂肉了，妳需要嗎？」婆婆問我。

婆婆從小就跟著父母學習料理野味，紅酒燉野豬、野鹿，白酒醬雉雞、野兔，都是婆婆的拿手好菜。因爲婆婆深知養殖的野味與眞正獵人獵到的野味有差，她一定會去跟獵人買剛獵到的鮮野味來料理。

「我做野味的功力太差，好肉給我處理太可惜了。還是妳做的好吃！」媳婦很撒嬌的說。

在德國吃到眞正由獵人獵的野味眞是不錯，因爲每個獵人除了要通過非常嚴格的獵人執照考試（有個朋友考了三次都沒通過），每年也要繳交很貴的狩獵允許證件的費用。每回一聽到婆婆要做野味料理，我就食指大動。

大多數的德國人對吃很有自己的主張，他們除了吃得乾淨、衛生，更希望吃得心安理得。藉由這合購有機牛的行動，德國的有機農業一定會有更精良發展的未來。而婆婆只向合法的獵人買野味，也不會讓不合格的獵人有機可乘，這也是保護動物的好方法。

「貪吃美食一族」的氣質卡，常能享受到有機大牛骨酥，眞是隻幸運的小狗呀！

聰明小孩研究所

真不敢相信九歲的小學生就那麼有邏輯思考力！雖然只是個有趣的動物行為實驗，但從小朋友的表達能力和執行能力看來，不得不感佩教育的力量。

光看這個標題，可能會想成是一個研究聰明小孩的機構吧？其實，是一群聰明的小孩，進行著與專家學者差不多的有趣研究，他們專心認真的態度，讓人佩服！我是怎麼知道這群聰明小孩的呢？

有天早上，我帶氣質卡去河邊散步。

「眞高興遇見妳！」另一位狗主跟我打招呼。

她有一隻蘇格蘭小梗犬，有個愛狗成癡的老公，還有個可愛的九歲女兒。這位女狗主總是笑臉迎人，對其他小狗也很友善，我們總在蹓狗遇見時，就天南地北的聊起來。

「請問妳和氣質卡可以幫我女兒一個忙嗎？」小梗犬的女主人問。

「當然呀！我們能幫什麼忙呢？」我問。我跟她的女兒不熟，跟女狗主也止於蹓狗之友的交情，到底能幫她的女兒什麼忙呢？我很好奇。

「我女兒在做一個學校作業，與狗有關，我可以叫我女兒跟妳說明。她可以打電話給妳嗎？」她很客氣的問。

我留下電話號碼，並表示願意幫助完成小朋友的學校作業。

回到家，眞的沒過多久就接到了小朋友的電話。

「日安，我是安娜。我媽媽向您要了電話。」電話那頭是小女生的稚嫩聲音。

「妳好！我可以幫妳什麼忙？」我問。

「學校裡正進行一個由學生做的動物行爲研究，我們想知道狗慣用哪一腳？不同的狗是否有不同的習慣？狗是否也有左撇子與右撇子的分別？」小女生的思路清晰、口齒清楚。

「所以要請氣質卡幫忙？」我問。

「是的。氣質卡只需要讓我們測試她用哪隻腳握手的次數比較多就行了。不知您何時有空可以讓我們測試氣質卡？」小女生禮貌的問。

「隨時都可以！」我很配合的說。

我很喜歡這個小女生的態度。她對自己的功課很了解，也很認眞。她不會要爸爸媽媽代勞打電話，她懂得如何處理自己的事情。這是很成功的教育哩！

「這星期四或下星期四都可以。請您選一天您有空的時間。」小女生說。

我決定趕快幫小女生把功課搞定，所以就跟她約定了見面時間。

原來這是小學課程中由學生主導的一個動物行爲研究作業。小朋友想經由分組實驗，找出狗是否也像人一樣有左撇子與右撇子？習慣使用左腳或右腳的狗，在個性上有何差異？這個實驗實在太好玩啦！這些小朋友們未免太聰明了！我從沒想過可以如此觀察小狗哩。

實驗分組：兩人一組。一個負責照相記錄，另一個人負責對狗測試。

測試方法：小朋友不能給暗示，只跟氣質卡說：「握手。」看看狗會本能的舉起哪隻腳？

一共測試三回，每回給三次握手指令。

測試開始：因爲氣質卡在狗學校學過基本禮儀，所以她一聽到「握手」指令就會自動抬起腳。

測試結果：氣質卡在九次指令下，有五次本能的舉起右腳。其中兩次因爲小朋友沒有伸出手，所以有點迷惑而左顧右盼。最後兩次開始不耐煩，有點坐不住。

所以，氣質卡應該是一隻善用右腳、左腦較發達的狗？

負責照相記錄的小朋友也用鏡頭捕捉了測試過程。

「妳們有幾隻樣本狗呀？」我問小女孩，我對這個聰明的研究超有興趣。

「我們這組有三隻：我家的梗犬，還有一隻德國狼犬，再加上氣質卡。我們先把握手的測試做出來，看效果如何。另外，我們還設計了接球的測試，觀察狗狗在靜態時用左右腳的習慣，與動態時是否相同？到時或許還會需要氣質卡幫忙喔。」小女生說。

「沒問題！氣質卡和我都很樂意奉陪！」我衷心的說。

回家把氣質卡撿大樹枝的照片找出來看，她眞的用右腳壓住樹枝清雜枝的時候比用左腳多；玩球或玩具時，多半把東西擺在右腳腳邊；在跳起來接飛盤時，大多使用右爪先抓住空中的飛盤！

原來小朋友觀察到的小狗行爲，是我從沒想到會去注意的事情哩！眞不敢相信九歲的小學生就那麼有邏輯思考力！讓我也學了很多新知識。雖然這只是個有趣的實驗，但從小朋友的組織能力、處理能力、分析能力看來，都在在顯出思考的力道。

如果右腳用得多的氣質卡左腦較發達，假設狗的左腦也是主司邏輯思考、分析能力和理性判斷，那麼我要說氣質卡眞的是和老德先生一樣嚴謹的個性，她對大樹枝的選擇和收藏行爲，或許都是受到左腦的影響？

小朋友的狗狗行爲研究或許在不久的將來，就可以解釋氣質卡爲何愛撿超大樹枝？也能解讀氣質卡撿大樹枝的認證標準？聰明的小朋友們把世界當成了可愛的觀察研究所，也用他們的聰明，帶我認識了更多未來才能得到解答的很多事情喔。

你做過這種可愛的動物觀察嗎？或許你的寵物想要和你溝通的事，就藏在牠們的行爲中。用心試試看能否解讀牠們的心吧！

紅蘑菇教我的自然課

你可能跟我一樣，從沒想過這些紅色有著白色圓點點的野菇，其實藏有可以破壞腦部神經的劇毒，足以讓人產生幻覺，甚至致人於死喔。

我最早接觸到歐洲的蘑菇，是童話中的紅蘑菇。

幾乎所有的歐洲童話書的插畫中，都有那種長得很可愛漂亮的紅色小圓菇。喔，對了，通常這些小紅蘑菇旁還站著很多森林裡的可愛動物：小鹿、兔子、貓頭鷹、大鸛鳥……看到這種自然的畫面，就想起許多聽過的童話故事。

直到眞正在歐洲生活之後，才知道童話中那些會帶來好運，以及讓森林小精靈笑得很開心的紅蘑菇，根本就是毒菇！

這一定讓你很驚訝吧？你可能跟我一樣，從沒想過這些紅色有著白色圓點點的野菇，其實藏有可以破壞腦部神經的劇毒，足以讓人產生幻覺，甚至致人於死喔。可是再想一想，如果童話中讓小精靈笑得開心的毒紅菇那麼危險，父母難道不擔心讀了童話故事的小朋友，會因爲好奇而跑去森林嚐毒菇嗎？我想白雪公主的故事裡，不是只有那顆紅蘋果有毒嗎？

我先問婆婆，她爲什麼沒去森林嚐童話紅野菇？

「我爸媽說森林裡的菇一律不准採，也不准吃。」婆婆笑著說。

「所以妳沒去採過野菇？」我問。我以爲每個人都知道怎麼辨別有毒菇或無毒菇。

「我媽媽要經營酒莊，生意很忙，根本沒時間帶我去採菇。所以乾脆說統統有毒，嚇嚇我。我看她自己大概也不懂吧。」婆婆笑著說。

婆婆只會去跟農家買人工栽培的安全菇，她說這樣吃起來比較安心。

我又拿著童話中紅蘑菇的照片問老德先生。

「這是『毒蠅傘』（華娟註：德文是 Fliegenpilze，蒼蠅菇，此菇中的強酸可殺死蠅類小蟲），不能吃。有毒！」老德先生回答。看來他知道的比婆婆還多。

「學校有教嗎？」我問。

「學校的露營活動就會教啦！認識各種野菇是野外求生的基本訓練。」老德先生說。

原來學校就會教，難怪小朋友不會傻傻去嚐毒蠅傘。

然而，是否所有的德國小朋友，只會跟著老師學森林野菇的知識呢？當然不是，德國有很多人喜歡到森林中採野菇，各地更成立採野菇社團，許多愛採野菇的同好們聚在一塊兒，交換到森林中採野菇的經驗談。

那天去森林散步，就遇見不少採野菇的人，他們都提著瘦長形的井字編竹籃到森林中尋菇。這薄竹片的井字編籃很重要，因爲這種籃子的底部不是直線，而是稍微突起的小方格，脆弱的野菇不會因採摘太多後，反而將底部的菇壓壞。而且薄竹片是自然材質，透氣通風，也不會把野菇悶出水來。

我先遇見兩位到森林採野菇的阿嬤。

「哇！看來您們可以滿載而歸哩！」我指著她們的採菇小竹籃說。

「是呀！這週下了幾天微雨，天氣稍陰，菇的產量會變多，果然採到很多好菇呢！」兩位白髮阿嬤很開心的說。

氣質卡和我跟在兩位阿嬤後頭學採菇。

「這是毒蠅傘，我們離遠點兒。」阿嬤對貪吃的氣質卡說。

氣質卡還算聰明，只告誡她一次，就知道接下來要避開所有的毒蠅傘。

一路上，兩個阿嬤採到不少鮑魚菇（Austernpilze）、褐色牛肝菌（Steinpilze），還有很多我不認識的野菇。她們說針葉林中的野菇特別好吃，還有落葉喬木旁的菇也很不錯。

兩位阿嬤簡直就是「採野菇教室」的教授，我跟在她們後頭，不到一會兒就像上了一堂自然課。

「妳看，這個菇很有趣，只要一割下來，就會變成藍色的，我們叫它『藍血菇』。」阿嬤拿了朵菇給我看。說實在的，那菇在我眼中看來還眞的像有毒的樣子……我建議自己還是不要隨便嘗試採野菇，吃到毒菇可能眞的會變成森林中的小精靈！

「我們從小就跟著媽媽到森林採菇，所以學到很多。今天的野菇又肥又好，回家用奶油煎一下，加蒜泥悶熟，很好吃喔！」阿嬤介紹野菇的正確吃法，我光聽都快流口水啦！

道別了兩位野菇阿嬤後，我們又遇到一個野菇家庭。爸爸手中的採菇大籮筐已經快裝滿了野菇。

「哇！今晚可以吃鮮野菇火鍋！」我稱讚這個看來很會採野菇的家庭。

「沒錯，邀所有鄰居來享用也吃不完哩！」採菇家庭的媽媽笑著說。

「嘿～哇～」採菇家庭的兩個小孩不知何故大叫！

唉呀！原來是氣質卡趁我們聊天的時候，竟然去野菇大籮筐偷野菇吃啦！卡妹可能上過白髮阿嬤的採菇課之後，已經懂得還沒採的不要吃，要吃就吃野菇籮筐裡的菇才安全！

哈哈哈！氣質卡偷了一朵野菇後立即吞下肚，還舔舔嘴，貪吃的樣子把大家都惹笑了。唉～眞是太沒面子了，人家採菇家庭的狗都不會去偷吃籮筐裡的野菇。果不其然，就在氣質卡還想再偷吃菇的時候，採菇家庭的小白狗就開始捍衛自家的野菇大籮筐，把氣質卡追得遠遠的。

「謝謝你呀！」我對小白狗說，「趕走偷菇的小狗是正確的事！」

和野菇家庭說再見後，又遇見了單獨在森林蹓狗順便採野菇的一個狗主。

「這兩天的菇很棒！難怪採野菇的人那麼多。」女狗主對我說。

「妳也認識很多不同的菇吧？像我就很可能採到毒菇。」我說。

「小時候常跟阿公到森林中採菇，他很喜歡大自然，這種野生的好料是他的最愛。他不僅帶我認識菇，也教我很多自然界的事，都是一生受用的知識。」女狗主感性的憶起了童年往事。

「這種大自然教材，可是家長能送給小孩最棒的禮物囉！」我心有同感。

「我女兒即將生產，不然她看到這些菇一定會很想吃。」女狗主說。

「孕婦不能吃菇嗎？」我好奇的問。

「因爲菇類是很刺激的食物，可能會造成還在成形的胎兒皮膚的過敏反應。德國很多婦產科醫生都建議孕婦不要吃菇類食品；今天這些菇，我就獨享啦！」女狗主笑著說。

啊，原來採菇有學問，吃菇也有學問哩！到森林散個步，學到好多事！這天的森林是個有趣的大課堂！我也想像女狗主將來帶著自己的孫子來採菇的情景，就像當初她的阿公教她那樣，把大自然的知識傳授給下一代。

或許你會想知道德國人的採菇季節？簡單解說一下：

每年的三月到五月，是德國人採「春季菇」的時間。下過雨後的德國森林中，常可遇見將採野菇當成嗜好的人們。春季裡有雪割

（Maipilze）、雞腿菇（Schopftintling，又稱：毛頭鬼傘）和歐洲最常見的樺木菇（Birkenpilze）。

每年的十月到十二月，是德國人採「冬季菇」的時間。鮑魚菇、金針菇（Samtfussereubling）是常見的菇，褐色牛肝菌、雞油菇（Pfeffelinge）都是歐洲人最愛吃的野菇。

據說歐洲野菇中的極品爲羊肚菌（Spitz-Morchel），這是所有無毒野菇中唯一一種尙無法用人工栽培的菇。價格也因爲稀有而比其他野菇高一些。這種嬌貴的羊肚菌（別名：草笠竹）多生長在落葉喬木附近，有蘋果樹的地方也會有羊肚菌生長。

野菇因爲底部有小的皺褶紋路，從地底長出時會夾帶著泥沙。歐洲人會用清潔野菇的小刷子將泥沙清乾淨再洗。菇類都不宜沾太多水，以免氧化發黑就不新鮮了。各類野菇都不宜生吃，可用加熱的牛油煎炒一會兒再悶出水就行；也不要先灑鹽，免得野菇中的天然蛋白酶被鹽凝固，菇會煮不熟。

這是一道很簡單的雞油菇食譜：

一、洗淨泥沙後的雞油菇放進烤盤。

二、將切碎的洋蔥和切丁火腿用奶油炒香。

三、把二的材料放進烤盤（用烤肉架或平底鍋烤）。

四、用小火烤，將雞油菇烤至水分收乾即可。

五、關火時，灑鹽及胡椒調味。

烤雞油菇可說是肉排的最佳配菜！

每到採菇季節，有不少企圖心強烈的採野菇愛好者，都會很認眞的翻山越嶺去採菇。有時循著野菇的蹤跡去到平時沒人煙的野外，於是有些人不僅採到野菇，也發現一些奇奇怪怪的東西：森林中會有二次大戰時還沒拉引信的手榴彈，埋在地底還沒引爆的地雷，被人遺忘的金銀財寶。當然更有人因爲採野菇迷了路，得求助大批警消，到森林裡援救因採野菇而走失的民眾。

我在猜或許野菇眞的具有童話般的魔力，能吸引人走進綠蔭濃密的森林，一尋那千姿百媚又美味的各種菇蹤。而我還是遵循老德先生的阿嬤教誨，不懂採菇，就別進森林。免得迷了路，遇到了毒蠅傘，還以爲是誤闖了白雪公主家的後花園哩……

我愛美麗老東西

我們都無法否認有些老東西就是會和我們的心靈對話，讓我們觀察周遭生活的視野開始更深更廣了，這真的是一種很美妙的體會……

我說的老東西，可不是在指桑罵槐說誰老了，而是眞正年代很久遠的老物品。

歐洲的生活有時眞的很美，而最美的部分就是可以找到很多美麗的老家具。這些老家具來自歐洲不同的時代和地區，幾乎每一件家具都述說著一個有趣的故事！

比如說，老德先生的阿嬤在高齡九十三過世之後，我們在幫忙清理遺物時，我就得到了一個很漂亮的蛋糕盤。這是公婆說特別要送給我的東西。爲什麼呢？因爲這個純銀雕花的蛋糕盤上，有一個個手工刻出來的高音譜記號。公公說，這是阿嬤當年訂婚時收到的禮物。哇！那這個蛋糕盤也是骨董了呀！我小心的拿著這個好美的玻璃面鑲銀邊的盤子。

公公還告訴我，這是阿嬤的爸爸，也就是他的阿公，特別找銀樓訂做的。我知道歐嬤和歐爸都很愛音樂，歐爸拉小提琴，歐嬤就用鋼琴伴奏，所以他們訂婚時，就收到了家人送他們這個刻有高音譜記號的蛋糕盤當禮物。

「咦？爲什麼蛋糕盤中間的玻璃板下還壓著一塊蕾絲手鉤巾呢？」我好奇的問。這塊小圓巾鉤著又細又繁複的花色，即使小小一塊卻也看得出是很費工的上乘之作。

婆婆解釋說：「這是當時從法國進口的昂貴蕾絲，鉤成一塊小圓巾，放在蛋糕盤中間裝飾。妳沒發現圓型的蛋糕中間都會有個洞嗎？蛋糕放上蛋糕盤時，從中間的洞就可以看見這塊很精緻的小蕾絲巾。」

原來如此！歐洲人對生活的每個細節都很有美感，也很要求。我從沒想過擺蛋糕的盤子還要那麼花心思哩！當然這個很美麗的蛋糕盤不會拿來盛油油的蛋糕，它只能當作大餐桌上的漂亮裝飾。當我看見老盤子上的高音譜記號，就能想像阿嬤訂婚那天，收到這個禮物時的場景。雖然只是揣想，也讓我試著體會了阿嬤年輕時對愛情的喜悅感受。

這麼說，這個有著玻璃面的蛋糕盤，是跟著阿嬤逃過了第二次世界大戰的轟炸，又跟著全家人在戰爭期間搬過好幾次家，來到我的手中？阿嬤一定很珍惜保護這個訂婚禮物，那些銀刻的高音譜記號，或許在苦難的戰時，撫慰了阿嬤受苦的心靈吧？而且在物資非常缺乏的戰爭期間，聽說阿嬤都得出去覓食才能餵飽家中的小孩，更遑論有精緻的蛋糕可吃；而她卻還是很努力的把訂婚蛋糕盤保存得這麼完整，想必阿嬤和阿公的感情，也是一種很美的力量吧！

自從我擁有了這個純銀高音譜記號蛋糕盤之後，我認爲再也沒有別的蛋糕盤可以取代它在我心中的位置，也不可能比它更有故事性了。眞是好奇特的感受喲！還有歐嬤睡了一生的眠床，也是我們不捨得丟棄的。這張眠床也是歐嬤的爸爸送給喜歡音樂的女兒的結婚嫁妝。這張老眠床是用製造鋼琴用的德國楓木做成的，經歷多年的流離顚沛，看上去還是很有風味。我猜是歐嬤的爸爸那份對女兒嫁妝的細心考量，才讓這張當年特別訂做的眠床散發著生動的姿態！這張老眠床現在就在我家，每回一躺上去，總會隱隱感受到一個父親對女兒的至愛，即使我根本沒見過歐嬤的爸爸，但這張細緻的鋼琴木眠床嫁妝，隔著漫長歲月，依然見證著讓我感動的故事。

有一回，我去逛法國的老貨市集。有一個大攤位是專賣老椅子的：羅馬時代的石椅子，路易十四時代的宮廷絨布椅子，十七世紀威尼斯富商用的椅子，宮廷中侍女坐的小椅子，維多利亞時期名媛們野餐時會用的小椅子，古代馬車夫要踩著上馬車的木凳子，獵人在森林中等待獵物出現的折疊椅，默片時代的導演椅，一次大戰期間德國幼稚園的小童用椅，老英式酒吧的大牛皮椅，農夫擠牛奶時坐的矮凳……整個攤位看完，眞像看了一本歐洲的椅子變遷史！我從沒想過賣椅子可以賣到這麼專業，只要我隨口問一個有關任何一張老骨董椅的資訊，老闆就可以口若懸河的講出讓我心醉神迷的椅子故事，害我眞想把每張都有好聽故事的美麗老椅子帶回家！

這些老椅子可眞是越老越有韻味，尤其是那些曾在宮廷中擺放過的椅子，看到這些鑲有金邊的骨董椅，似乎就會聽見如同莫札特小步舞曲的音樂在腦海響起……唯獨有些椅子年久失修，狀況不是很好，有興趣收藏的人可以買了之後再拿去專門的骨董修復店做整理。當然，沒整修時的椅子是一個價格，整修過的老椅子通常會翻個數倍的身價。

有回我對一組一九四〇年代法國露天咖啡座的藤椅十分著迷。這是一個小圓桌和三把圓臂藤椅的組合，小藤椅後頭還有一塊小銅片，記載著製造年份和地點。原來巴黎左岸那些咖啡館的露天藤椅，有些是在法國 Metz 製造的。而這組露天咖啡座的老藤椅，居然在流浪多年後又回到了他們在 Metz 的「家」！這些老藤椅，曾經偷聽過多少情人間的浪漫對話？曾經陪伴過多少哲人的咖啡時光？又曾有哪些詩人用詩句留下了心情的風景？而在那些漫天轟炸機和民不聊生的戰爭年代，老藤椅又見證了多少不平的事情和痛苦寂寞的情緒？

我決定把這組左岸咖啡藤桌椅整組搬回家，我相信他們會告訴我很多美麗的故事。我還找了專修古藤椅的手工店鋪，將藤椅維修了一番；而老德先生卻發現我在這組咖啡藤桌椅上沒聽到很多故事，只有喝了很多咖啡！呵呵，酗咖啡也是一種浪漫，跟這組曾在巴黎左岸露

Sarah

天咖啡座生活過的藤椅很契合呀！

我還喜歡德國巴伐利亞山區農夫用的老家具。這些外表粗拙厚實的實木家具上頭，總有手繪的花草植物。而且這些很有阿爾卑斯風格的老椅子完全不用釘子，卡榫銜接的設計也頗富巧思，坐在這樣的老椅子上拉大提琴非常的舒服，椅子似乎會應和著音樂的律動，和你的身體一起歌唱。這種很美的感動，是農家老椅子讓我著迷的地方。

還有一些被遺忘的私人物品，也在歲月的洗禮中，顯現了美麗的價值。事情是這樣的：

最近，婆婆突然想起在閣樓裡還有很多東西沒整理，要我去幫忙。我們竟發現了很美麗的老東西！在一口大皮箱中，有數十只老皮包，這些老包包全都是家族中的一位老阿姨寄放在婆婆家的。老包包的材質全是鱷魚皮，有黑色、咖啡色，內裡也是純皮的。即使已經快六十歲的老包包，卻依然很漂亮。

婆婆這才記起來這位家境富有的老阿姨，有一回來作客，帶了太多包包搭配衣服，回去時竟忘了一箱衣物在這兒。在那個交通較不發達的年代，老阿姨再次來訪不知是何時？於是就跟婆婆說把那口大箱子先暫時寄放在婆婆家，等下回來訪時再拿回去。但時光匆匆，轉眼就五十多年過去，老阿姨早就作古，婆婆也就忘了這口大箱子的存在。

除了鱷魚皮包，我們還在閣樓裡發現了一些婆婆的媽媽送給她的一些骨董畫。這些鑲著金邊的畫，大多是宗教畫，主題多半圍繞著聖母、聖嬰和天使。一些大幅的畫作是當年阿嬤去義大利時買的，還有一些是收藏的骨董畫。婆婆當年繼承後就把畫作都放在閣樓，也忘了去整理。婆婆也眞有趣，連這些很有收藏價値的東西，也可以忘在閣樓上。我很喜歡其中一幅構圖很複雜的義大利版畫，婆婆就送給我了，但老畫框有點受潮，我將它重新裱褙，果眞有了新畫框，整幅畫的氣質都被烘托出來了！

至於老阿姨昂貴的鱷魚包，也被我拿去皮件店修繕。老闆眼尖的說他一看就知道是好包，我問他怎麼知道這些包是眞品？老闆回答說五十年前買得起這種包的人，都很富有；而且當時也沒有仿冒品，鱷魚皮在當時的歐洲還不普遍。老闆很細心的將包包從裡到外做了維修後，還告訴我說這些包都是純手工的，有可能是老阿姨當時爲了搭配衣服而訂做的。哇！這也太奢華了點吧！當我看見老包包維修後的美麗模樣，散發出耀眼的氣質時，覺得好像只有賈桂琳・歐納西斯那種美女名媛來提這種包才適合吧？我開始想像這些鱷魚包包，跟著老阿姨出席各種上流社會宴席的樣子，如同老電影中的華麗場景……

可愛的老玩具我也很愛。我總是可以在骨董店看到喜歡的老熊玩偶或其他很簡樸童趣的老童玩。有一次在跳蚤市場買到我覺得超夢幻的東西：一整組的德國童話玻璃彩繪幻燈片。這些長形的童話幻燈片，是在古時候沒電視、電腦時，父母在晚上爲孩子講童話故事時的大投影片。玻璃片上畫著童話故事的場景，由大燈照著就變成大大的影像放映在牆上，孩子們都被這彩色的大影像給震懾了！

「你看，你看，小紅帽不知道床上的老婆婆不是阿嬤，而是大野狼呀！」

我彷彿聽見了孩子們擔心的驚呼聲。這張彩繪玻璃幻燈片上只畫了這個場景，說故事的人可以從幻燈片的左邊講到右邊，再從右邊講回左邊，小紅帽的純眞和大野狼婆婆的生動表情，連我也看得入神啦！

「漢斯和葛麗朵在森林中迷路了，他們來到了巫婆的薑餅屋……」

這張幻燈片有四個場景，畫著漢斯和葛麗朵遇見巫婆時的場景。如果我是當時聽故事的小孩，我肯定聽完後，不敢走進那些又黑又蒼鬱的大森林裡去吧？

玻璃彩繪幻燈片上的童話，因爲材質保存不易的關係，有些故事說不完整；而有些故事只剩下單張的幻燈片，讓人一下子猜不出到底是哪一則童話。我很希望哪天跟大家分享一下這些美麗的童話幻燈片，畢竟這是歲月流逝後，可能再也不會重現的一種生活方式。我更喜歡這些幻燈片的原因是，每個爸爸媽媽講的童話故事，可能情節都不一樣吧？當彩色的大投影出現時，小朋友的心靈創意也容易隨著這些故事被啓發出來。如此可愛的親子說故事的互動畫面，眞是幸福呀！

在喜歡老東西或老玩具上的這份心情，我是很多愁善感的。我們都無法否認有些老東西就是會和我們的心靈對話，藉著這些有趣的跨越時空的無言交集，讓我們觀察周遭生活的視野開始更深更廣了，這眞的是一種很美妙的體會，也是融入一個生活環境最優雅又有氣質的方法。當然，我看到可愛的老玩具還是會不顧形象的大叫啦！哈哈！這就是老東西或老玩具讓我無法自拔的魅力……

藝術互助拍賣會

感謝藝術家們堅持創作的決心，更感謝素人藝術收藏者的無私貢獻，他們在日常生活中「看見」了許多美好事物的細節，並且樂在其中……

我在台北美術館門口遇見一位德國帥哥。他吸引我注意的原因是在台北的六月酷暑，竟然穿了一套歐洲名牌夏日西裝！住過歐洲的人可能知道，這樣的正式晚宴純麻西裝，在歐洲某些涼涼的傍晚可能是很好的選擇，但是在台灣，他肯定會中暑啦！

沒想到這位吸睛帥男，竟是要和我一同前往美術館看展的朋友的朋友，剛從德國到台灣。因爲這層地緣關係，我們打開了話匣子。

這位渾身帶著歐洲生活氣息的帥男，原本在德國某個畫廊當經理。但是歐洲目前的藝術品投資，因爲受到全球金融景氣的影響，有錢人的小孩爲了減少負擔而將上一輩的收藏捐給美術館；新一代的投資人也有減緩收藏藝術品的趨勢。歐洲有不少跟這位帥哥一樣的藝術精品工作者，自然就受到了這波景氣的影響。

他思考之後決定轉行。

在各個時尚城市生活工作過之後，他認爲開個高檔的茶館，應該是個不錯的生意。於是他來到亞洲買好茶，台灣好茶，他已耳聞許久，這次終於因人生轉換跑道，可以有機會一親芳澤。

我很祝福這位帥男有更美麗的未來！我猜他的茶館一定會充滿藝術氣息，泡出來的茶也更浪漫吧？曾在藝術環境工作的人不論做什麼，總會帶點美麗的氛圍！這是我認同一定要將藝術普及到日常生活裡的原因。

回到德國後，發現一些藝廊經營者的窘境，直接影響到藝術創作者的生活。大批的畫作少了展覽機會，成堆未出售的作品自然就成了創作者的生計問題。我爲什麼會知道呢？因爲老德先生最近很熱中參加由藝術家親自舉辦的自家後院拍賣會。

這些我們認識的創作者，面對成批放到快壞掉的畫作，決定自救。他們除了要到學校兼差教畫，還要爲房子的貸款、小孩的生活費煩惱，但卻沒有因此放棄對創作的喜愛。這樣堅強的信心，就讓我們也想出力幫忙，但德國人沒有收受禮金的習慣，他們比較習慣用等值交換的方式來處理困境。身邊的朋友也會盡其所能的參與，給予實質的讚賞並付諸行動。

老德先生會積極參與這樣的活動，是來自他成長環境的影響。婆婆家的百年酒莊中，有一間專門收藏畫作的獵人房，那裡頭全是老德阿公的善心。因爲在二次大戰其間，所有的藝術活動都停止了，德國的藝術家和他們的作品也跟著陷入了浩劫。不少藝術工作者再也無法生存下去，便拿著作品到處去換食物，老德阿公很好心的讓藝術家賒酒錢，而藝術家們不好意思常來白喝酒，就把作品送給老德阿公。於是，老酒莊的畫作就越來越多啦！

老德先生從小耳濡目染這些美麗的故事，現在看到藝術家朋友需要幫助，就自然而然的會去參與。這樣的心態眞的很棒，因爲藝術工作者可以直接受惠，而不會被畫商剝削了利益。

我在藝術家自家後院的拍賣會場，看見了很多藝術家的朋友都來捧場。有些父母帶著自己的小孩來參加，父母會和小朋友講解畫的構圖，跟小孩一起看拍賣細目，討論拍賣開始時要設定多少的購買價格。我很喜歡這些德國父母的生活教育，因爲小孩不但學會欣賞藝術品，這個美麗的拍賣會還可以讓他們懂得尊重創作者的天分。

藝術家將自家拍賣會布置得很有氣氛。白色的帳篷裡有拍賣台，台子上擺著小錘子以敲定創作品的最高價格。我更喜歡藝術家拿出朋友酒莊的酒來招待買家，大夥兒就拿著酒杯在院子裡欣賞待會兒要拍賣的所有畫作。自家烘培的小餅乾更是可口，唉！我眞是太搞笑啦，怎麼特別注意好吃的東西！

雖是自家後院的拍賣會，所有的程序都很正經八百。藝術家會在開場時說明這些畫作曾得過哪些獎項，又曾在哪些地方展出過，也會道出自己需要拍賣畫作的經濟需求。接下來，每幅畫會由戴著手套的工作人員抬到拍賣台上展示給大家看。

每幅畫都有相同的拍賣起跳價，拍賣價達到進階加價標準時，會加價繼續讓大家競價。眞是一個很好玩的活動，總之就是一整個溫馨呀！

我曾在一次類似的藝術拍賣活動上，遇見兩位可愛的先生。他們穿得有夠樸素簡單，完全看不出來他們對流行時尚有任何興趣；看上去大約五十多歲，戴著金邊眼鏡，身材有些壯碩，還挺著小啤酒肚，似乎沒人會在拍賣會開始前，把這兩位先生當作敵手吧？

沒料到拍賣會一開始，這兩位先生就一路標走很多作品，讓剛好坐在他們倆旁邊的我非常好奇。趁拍賣會休息時間，我又發揮了搞笑的好奇心，對這兩位先生做了好笑訪問，他們也很大方的有問必答。

「請問您們是畫商嗎？」我問。

「呵呵！當然不是呀！我們是開電器行的。」其中一位先生說。

「收藏畫掛在店裡嗎？」我不恥下問。

「收藏是給自己看的。我們各自在家裡保持五百幅畫作、一百尊雕塑，還有各類小型藝術品，也快上千囉……」另一位回答。

「這麼多？會轉賣嗎？」我眞是沒辦法管住自己，就一直問下去。

「看膩了就去買新的，不想再看的作品就轉送給家人、兒孫、朋友，鄰居過生日也可以送。這種禮物雖然貴一些，但總比送人那些二退流行就沒用的電子產品來得好些吧？」他們面帶微笑說。

眞沒想到這兩位的工作都與電器產品有關，卻以送出自己的藝術收藏品爲樂。

「我們收藏的東西還有二次大戰其間希特勒用過的餐具、瓷具，也有很多成套的麥森（Meissen，德國知名高級瓷器，曾爲皇室御用或外交禮品）杯碗。我們並不富有，只是平常省吃儉用，從年輕到現在買出了經驗，不論大型或小型的拍賣會，只要時間允許，我們都會去看看。」他們說。

這兩位先生的生活哲學，讓我想起了紐約的素人藝術品收藏聞人Herband Dorothy Vogel夫婦，他們在他們紐約的一間小公寓中，從一九六〇年到現在共收藏了近四千幅畫作！其中包括不少後來成爲名家的作品。然而畫作太多，住處太小，到最後連馬桶上都掛上畫啦！

他們買畫的錢都是用先生在郵局上班的正常薪水，也同樣是省吃儉用存下來買的。這對夫婦從未將收藏品出售，作爲賺錢工具；反而在即將步入老年時，將價值數千萬美金的畫作捐給大學的美術館展覽。這眞是一對很讓人尊敬的藝術收藏家夫婦，目前他們依然和一整缸小金魚、一隻小貓住在他們的小公寓裡，過著自由自在的簡樸生活，實在太可愛啦！

我在藝術家自辦拍賣會上遇見的這兩位可愛先生，也是這樣的素人收藏家。他們就是單純喜歡有創意的藝術作品，願意爲了這個興趣省吃儉用，用最直接的方式鼓勵藝術家創作。

我因此更加相信，有人在每天日常生活中「看見」了許多有趣的細節，他們專心的維護自己看見的美好事物，並且樂在其中，更願意無私的分享貢獻。但世上也有許多人，對身旁已存在的美好視而不見，一意尋找虛僞無望的目標，患得患失的心態，終於讓自己深陷絕望的困境。

另外，我真的很喜歡這個藝術拍賣會提供孩子們對藝術鑑賞力的訓練；我深信只有藝術普及到大多數人心中的社會，其他領域的軟實力可能才有機會跟著提升。

感謝這些藝術家們堅持創作的決心，更感謝這些精神生活很豐富的素人藝術收藏者的無私分享。你曾注意過身旁有天分的藝術創作者嗎？讓我們也學學素人收藏家，多多給予這些藝術工作者更實質的鼓勵吧！

國家圖書館出版品預行編目資料

愛的可頌麵包 / 鄭華娟著. -- 初版 -- 臺北市：圓神, 2012.02
192 面；14.8×20.8公分 --（鄭華娟系列；22）

ISBN 978-986-133-400-4（平裝）

855 100027002

The Eurasian Publishing Group
圓神出版事業機構
用心與你對話・視野無限寬廣
圓神出版社
Eurasian Press

http://www.booklife.com.tw inquiries@mail.eurasian.com.tw

鄭華娟系列 022

愛的可頌麵包

作　　者 / 鄭華娟
發 行 人 / 簡志忠
出 版 者 / 圓神出版社有限公司
地　　址 / 台北市南京東路四段50號6樓之1
電　　話 /（02）2579-6600 · 2579-8800 · 2570-3939
傳　　真 /（02）2579-0338 · 2577-3220 · 2570-3636
郵撥帳號 / 18598712　圓神出版社有限公司
總 編 輯 / 陳秋月
資深主編 / 沈蕙婷
責任編輯 / 沈蕙婷
美術編輯 / 劉嘉慧
行銷企畫 / 吳幸芳・陳姵蒨
印務統籌 / 林永潔
監　　印 / 高榮祥
校　　對 / 林平惠・沈蕙婷
排　　版 / 莊寶鈴
經 銷 商 / 叩應股份有限公司
法律顧問 / 圓神出版事業機構法律顧問　蕭雄淋律師
印　　刷 / 國碩印前科技股份有限公司
2012年2月　初版

定價 280 元　ISBN 978-986-133-400-4

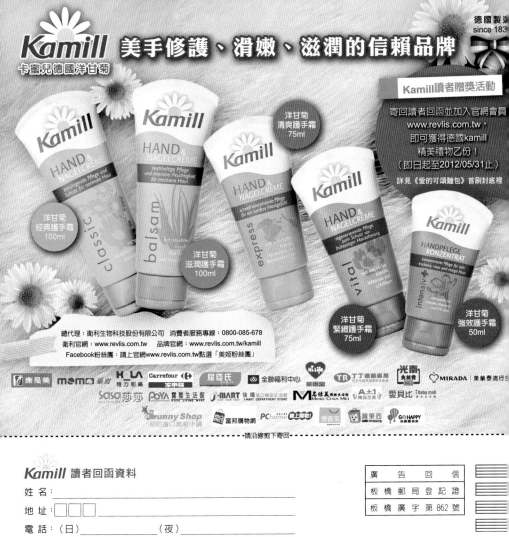

請沿線剪下寄回

Kamill 讀者回函資料

姓 名：＿＿＿＿＿＿＿＿＿＿＿＿＿＿＿＿

地 址：□□□ ＿＿＿＿＿＿＿＿＿＿＿＿＿＿＿＿

電 話：（日）＿＿＿＿＿＿＿＿（夜）＿＿＿＿＿＿＿＿

手 機：＿＿＿＿＿＿＿＿ Email：＿＿＿＿＿＿＿＿

廣 告 回 信
板 橋 郵 局 登 記 證
板 橋 廣 字 第 862 號

231
新北市新店區民權路108-1號7樓
衛利生物科技股份有限公司 收